Buch

Lancelot, erster Ritter des Königs, lässt sein Leben für den auf dem Schlachtfeld im Sterben liegenden König erzählend und nachsinnend vorüberziehen. Der in eine mystische Welt hinein Geborene muss sich später in einer barbarischen, von Kriegen und Schlachten dominierten Welt behaupten. Der Balanceakt zwischen Vernunft und Leidenschaft, geistiger Erkenntnis und physischer Rohheit, bringt ihn zeitweise um den Verstand.

Zeit seines Lebens ringt er um Seelenruhe, wird aber umgetrieben von seinen für ihn nicht kontrollierbaren Leidenschaften. Er wird zum Helden erzogen, der sich bemüht, dem Bild des ewigen Siegers zu entsprechen, und fürchtet sich dabei, ohne die gewohnte Maske ertappt zu werden. Er macht sich zum Narren durch seine unerfüllte Liebe zur Königin, hintergeht seinen König, dem er andererseits in bedingungsloser Freundschaft ergeben ist.

Lancelot stellt dabei seine ungezügelten Leidenschaften der Gelassenheit und Milde des britannischen Herrschers gegenüber und zeichnet das Bild eines Staatsmannes im Sinne Senecas.

Autorin

Sabine Speer, 1959 in Hamburg geboren, befasst sich seit über drei Jahrzehnten mit dem Artus-Stoff. Die Ergebnisse dieser Arbeit haben sich in Form einer Internetseite niedergeschlagen: www.whisper-of-gododdin.de. In den zwei Jahrzehnten ihrer schriftstellerischen Arbeit sind der Erzählband „Anneke und andere historische Erzählungen" (Mohland Verlag, 2007) entstanden, der sich mit historischen Ereignissen der schleswig-holsteinischen Geschichte befasst, sowie mehrere Veröffentlichungen von Gedichten und Kurzgeschichten. Weitere Buchprojekte sind im Entstehen.

1

AF140559

Sabine Speer

Lancelots Stille

Erzählung

Bibliografische Information der Deutschen Nationalbiblio-
thek:
Die Deutsche Nationalbibliothek verzeichnet diese Publika-
tion in der Deutschen Nationalbibliografie; detaillierte
bibliografische Daten sind im Internet über
http://dnb.dnb.de abrufbar.

TWENTYSIX – Der Self-Publishing-Verlag
Eine Kooperation zwischen der Verlagsgruppe Random
House und BoD – Books on Demand

© 2017 Sabine Speer

Herstellung und Verlag:
BoD – Books on Demand, Norderstedt

ISBN: 978-3740731953

Der Held

Ein Held ist jemand,
der sein Leben einer
Sache geweiht hat,
die größer ist als er.

Um aus dieser
Position seelischer
Unreife zum Mut der
Selbstverantwortung
und Selbstsicherheit
zu erwachsen, bedarf
es eines Todes und
einer Auferstehung.
Das ist das
Grundmotiv der
weltweiten Fahrt des
Helden.

Joseph Campbell

Schwer atmend windet sich der Drache am Boden. Hier und da ein wehrhaftes Zucken am Ende eines Kampfes, der nur Verlierer zurückgelassen hat. Von fern das leise Klirren der Waffen jener, die um den letzten Atem des Drachens ringen. Der Klagechor der Sterbenden hebt sich unter den metallischen Klang ihrer Schwerter. Die untergehende Sonne hat blutrote Fäden in den düsteren Himmel gewebt, der sich schwer über dem Schlachtfeld wölbt. In der Ferne höre ich einen Vogel sein Lied singen, den Abend eines Tages verkündigend, der das Licht nicht gesehen hat. Tage, an denen Schlachten gekämpft werden, sehen nicht das Licht. Solche Tage sind herausgerissen aus der Zeit, aus dem Weltenstrom. Ich habe keine Ahnung, was ich getan habe in dieser Zeit zwischen den Dämmerungen. Ich will es nicht wissen.

Da liegst du, und ich kann nicht darauf hoffen, dass du noch einmal zu mir sprechen wirst. Mühsam hebst du die Lider, siehst mich an durch den Schleier der Müdigkeit, die das Leben in dir hinterlassen hat. In deinen Augen erkenne ich das Versagen aller Könige dieser Welt. Was denken Könige, wenn sie sterben? Verfluchen sie am Ende alle den Gott, dessen Spiel sie

Zug um Zug ausführten, um schließlich mit einer acht-
losen Bewegung des Handrückens vom Spielbrett
gefegt zu werden?

Ich kenne dich. Mich quälen der Schmerz und die
Fragen in deinem Blick. Fragen, auf die du keine Antwort mehr erhalten wirst. Was soll ich dir sagen? Was
sagt man einem König, der stirbt?

Nebelschwaden decken die Toten zu. Noch hat das
feuchte, weiße Gespenst uns nicht erreicht. Ich stütze
deinen Rücken, säubere dein Gesicht von Schmutz
und Blut.

Oh ja, wir haben alle mitgespielt. Wir, die Ritter der
runden Tafel, die wir uns für das Herz der Welt hiel-
ten. Was mich angeht, habe ich meine Rolle nie ge-
mocht. Aber schließlich – was hätte ich tun können?

Du aber warst großartig. Großartiger als jeder Herrscher vor dir, und auch nach dir wird es keinen von
solcher Größe geben.

Nein, spotte nicht! Ich kenne dieses zynische Lächeln
an dir. Es gilt dir selbst und einer Welt, die dein wahres Wesen verkannte. Doch was soll ich dir sonst sagen, während du stirbst?

Dein heiseres Lachen endet mit einem Gurgeln in deiner Kehle und du spuckst Blut auf die feuchte Erde. Dieser König stirbt lachend. Er lacht über die Sinnlosigkeit seines Lebenswerkes, lacht über die Menschen, die ihm gedient haben, lacht über sich selbst. Du sinkst erschöpft zurück und dein keuchender Atem wird immer flacher. Für einen Augenblick wird es ganz still und ich fürchte, du könntest mich verlassen haben. Stirb nicht, noch nicht. So vieles habe ich dir noch zu sagen, so vieles noch will ich von dir wissen.

Sage mir, mein Freund, hat es wohl jemals einen Narren wie   mich gegeben, der das Weib seines Königs begehrte? - Oh, wie ich sehe, wird dein Blick so seltsam wach. - Denkst du darüber nach, wie es geschehen konnte, dass wir beide hier in diesem Dreck hocken? Ist sie der Grund dafür oder dieser winzige Moment, der meinen Stern ablenkte und auf eine andere Bahn geraten ließ?
Warum sie? Du brauchst eine Antwort auf diese Frage? Verzeih mir mein respektloses Gelächter, mein König. Ich bin ein großartiger Ritter! Hätte ich eine Geringere wählen sollen?

So müde, dein Lächeln. Ein sterbender König und sein bester Ritter, dieser Verräter. Zwei Irre auf einem Schlachtfeld. Jemand sollte den Vorhang ziehen und unseren Auftritt beenden.

Gwenhyfaer. Ich hatte kaum achtzehn Sommer gesehen, als ich an den Hof von Camelot kam, und diese Liebe traf mich wie Taranis´ Donner. Ich sehe sie vor mir, so wie ich sie das erste Mal sah. In diesem weißen Kleid, leicht wie die Federn eines Vogels, ihr helles Haar umfloss ihre schmalen Schultern, ein wenig Erstaunen in ihren Lavendelaugen. Mehr nicht.

Was hatte sie denn in Erstaunen versetzt? Sehnte sie sich damals schon an meine Brust, von der sie später einmal sagen sollte, sie entspreche der Größe des Herzens, das darin schlägt? Wenn mein Herz sie je gekümmert hätte, würde sie in jenen Tagen schon gewusst haben, dass die Qual eines Menschen nicht von der Größe seines Herzens abhängt, sondern von dem, was es bewegt.

Damals begehrte dieses Herz nichts als die reine Ritterwürde. Ich wollte immer besser sein als die anderen und strebte nach Vollkommenheit. Mindestens musste ich das Beste im Herzen tragen und es zu vollbringen trachten. Aber ein gutes Herz macht noch keinen guten Menschen.

Welch eine Leidenschaft liegt im Streben nach dem, was wir Ehre nennen! - In Wahrheit brannte meine Leidenschaft für sie, sobald ich ihr zum ersten Mal begegnet war. Ich erinnere mich an diesen Augenblick der Ohnmacht, als ich spürte, dass ich sie wollte, und zugleich wusste, dass es nicht sein durfte. Die Ehre in all meinem Tun lag fortan immer nur darin, meine Leidenschaften zu zügeln und mehr schlecht als recht an unehrenhaftem Tun vorbei zu lavieren.

Aber sage mir, mein König, haben wir das alles nur für die Damen gemacht? Und sind sie nicht ein wenig wie schwächliche Männer? Sie drohen selbst, aber sie überlassen anderen das Zuschlagen. Ach, was gaben wir für ihre Bewunderung! Gwenhyfaer, meine schöne Herrin. Ich schwor ihr ewige Treue. Ich schwor einen Eid auf unser Verderben.

Du wirst sterben, mein König. Und ich werde der Einzige sein, der frei sein wird. Aber wofür?

Wohin soll einer wie ich gehen? Einer, von dem man nicht weiß, woher er kam. Ich hatte eine gute Kindheit bei meiner Mutter Nimue, die sie die Herrin vom See nennen. Sie war gütig, warmherzig und streng. Unser Reich lag verborgen und wir hatten Frieden. Sie lehrte mich den Lauf der Gestirne, den Wechsel der Jahreszeiten und die Demut, mit der man den Göttern begegnet. Habe ich je eine Zeit erlebt, in der ich eins mit dem eigenen Herzen war, so war es diese. Aber sie sah den Glanz in meinen Augen beim Anblick eines Schwertes, und eines Tages schickte sie mich fort an den Hof meines Vaters, König Ban von Benoic, dessen Bastard ich war. Lange Zeit hasste ich sie dafür, und doch wusste ich, dass ich nicht hätte bleiben können. Ich konnte niemals wirklich zu Hause sein, denn ich war einer, der in sich selbst nicht zu Hause war. Die Unruhe hat mich immer getrieben, und Nimue beendete nur, was ich selbst zu beenden nicht den Mut hatte. Sie sorgte dafür, dass der Stier den Pferch nicht verfehlte. Selbstgerecht konnte ich sie dafür hassen und mich selbst bemitleiden. Nimue war eine weise Frau.

König Ban schenkte mir keine Beachtung, war ich doch nur einer unter seinen am Wegesrand gezeugten Bälgern, und noch unter ihnen der Unbedeutendste. Immerhin sollte er seinen Mangel an väterlichem Interesse später bereuen, als ich in deine Dienste trat, was mich zeitweilig mit Befriedigung, wenn nicht mit Schadenfreude erfüllte.

Ich kam also an seinen Hof, wo sie einen Krieger aus mir machen sollten. Doch ich wurde nicht nur zum Krieger, ich wurde das Kampftier schlechthin.

Die anderen waren junge Männer wie ich selbst, getrennt von ihren Familien, abgeschlossen von allem und auf sich selbst gestellt. Sie nahmen uns alles, was uns schützte und schmückte; das Amulett an meinem Hals, meinen reich bestickten Mantel... So nackt waren wir der Macht seiner Feldherren ausgesetzt, die gute Kämpfer aus uns machen sollten. Sie nahmen uns jede Freiheit, traten und schindeten unsere jugendliche Kraft. So entstand ein wilder Geist, ein abgrundschlechter Wille ohne Verstand. Wir alle spürten den Drang, unser Leiden in einem Sturm zu entladen. Es war keiner unter uns, der nicht den Wunsch hatte, zu töten.

Sie haben mich nicht auf Niederlagen vorbereitet. Ich war ein Sieger. Sie haben mich zum Helden erzogen.

Was, mein König, macht denn einen Helden aus?

Bitte spare dir dein zynisches Lächeln.

Ich liege hier und sterbe, höre ich dich sagen. Es ist mehr Blut in der Erde unter mir als in mir. Ja, ich bin ein Held. Sieh, Lancelot, wie Helden sterben.

Was willst du anderes, mein Freund? frage ich dich. Willst du lieber zwischen seidenen Laken liegen und an irgendeinem tödlichen Fieber dahinsiechen? Du hast in Leidenschaft gelebt und dein Leben nicht sonderlich geliebt. Aber ich sage dir, du bist der Wahrheit näher gekommen als der Leidenschaftslose, der täglich mit gründlicher Gewissenhaftigkeit seine Kräuter und Salben zu sich nimmt, in der Hoffnung, damit sein Leben zu verlängern. Das Leben aber erblüht durch den Mut der Leidenschaften, nicht durch die Angst vor dem Tode.

Ich kam also nach Camelot als eine gehorsame Hülle, und die Leere in meinem Inneren sollte gefüllt werden durch die Taten, die mich zu einem ehrenwerten Menschen werden lassen sollten. Ich, Lancelot. Außen ein Kampftier. Und innen?

Ja, was sollte das werden? Innen ein Heiliger? Von allen Prüfungen habe ich gleich bei der ersten versagt: als ich Gwenhyfaer sah. Ja, ich liebte sie leidenschaftlich, ihre kalte Schönheit, ihren zarten Körper, den ich erahnte unter dem seidenen Gewand. Sie war klug und von einer Kraft, wie sie nur eine Frau besitzt. Sie war liebevoll und von einem hohen Sinn für Gerechtigkeit. Und sie verstand es, ihr Wesen stets hinter einer vornehmen Scham zu verbergen.

Es wird dir nichts mehr nützen, mein König, aber ich sage dir, die zierliche Befangenheit einer Frau ist zu demselben bestimmt wie die Unverschämtheit der Männer.

Ein würdiges Silber durchzieht mein schwarzes Haar. Ich habe bald den fünfzigsten Sommer gesehen und ich habe gelernt, das Hässliche zu lieben, die Schwäche und die Dummheit. All das sah ich auch an ihr, wennglcich viele glaubten, ich wäre blind gewesen vor Leidenschaft. Doch ich liebte sie für ihre reizende kleine Schwäche, mich tatenlos leiden zu sehen - oder sollte ich besser sagen: über mein Leiden hinwegzusehen.

Gwenhyfaer ist jetzt in einem Kloster. Sie will mich nicht mehr. Soll ich den Göttern danken oder soll ich sie verfluchen?

Ich will niemandem mehr dienen. Du wirst mich mit deinem letzten Atemzug aus deinem Dienst entlassen.

Gwenhyfaer hat sich von mir abgewandt. Und die Götter haben mich schon lange vergessen.

Es ist Zeit, Diener meiner selbst zu sein.

In jenen Tagen kamen viele Männer an deinen Hof, um an der ehrenvollen runden Tafel aufgenommen zu werden. Warum?

Hofften sie alle nur, der Gleichförmigkeit und Langeweile ihrer Tage zu entrinnen, die Leere ihres Daseins zu füllen? Viele von ihnen waren die Söhne untergebener Könige, ausgesandt, um als kleiner Stein auf dem Spielbrett der großen Strategen taktisch sinnreich platziert zu werden. So kamen die Ahnungslosen daher, so naiv in ihrem Stolz und ihrer unerprobten Tapferkeit. Junge Männer voller Leidenschaft, die ja nichts anderes ist als das Leiden unter dem Gezeitenstrom grandioser Gefühle, getrieben von der Anziehungskraft unstillbarer Sehnsucht. Und was ist Sehnsucht anderes als die schmerzvolle Nähe zu Gott? Schmerzvoll, weil wir wissen, dass wir selbst göttlich sind und uns nur ein hauchdünner Schleier von dem trennt, was wir Erfüllung nennen. Und so streben alle Leidenschaften nach dem Tod.

Was, mein König, ist schon das leise Aushauchen deines Lebens gegen die Wucht dieser anbrandenden Gefühle, wie wir sie damals zu empfinden imstande waren? All unser Begehren suchte seine Erprobung in der Gefahr, im Kampf, in der Schlacht. Uns kümmerte nicht die Erhaltung unseres Lebens, ja, wir trachteten bisweilen danach, es zu verlieren. Denn es ist ja nicht so, dass wir Liebe, Begeisterung und Hingabe in der Weise erleben, dass sie der Bewahrung unserer Leiber dienen. Unsere Leidenschaften streben weniger nach der Selbstbewahrung als vielmehr nach Selbsthingabe. Was immer den Reiz des Todes ausmacht – sie sehnten sich nach seiner Nähe, nach der Erkenntnis seines Vorhandenseins. Sie stießen an Grenzen, überschritten sie und fanden zurück zu bunten Festen und schönen Frauen. Auf dem Gipfel von Lust und Lebensfreude gab es nicht einen, der sich nicht unbesiegbar gefühlt hätte. Ja, sie liebten es zu lachen und zu trinken, umso mehr, als sie sich immer wieder an der Grenze zum Tode befanden. So und nicht anders haben wir unser Leben dereinst gewollt.

Sie alle hatten den Wunsch, gut und gerecht zu sein. Sie wollten Frieden, Recht und Freiheit für ihr Land, für die Menschen, die in ihm leben. Mit reinem Herzen und guten Gewissen setzten sie ihr Leben dafür ein. Was immer daraus entstanden sein mag – ich schwöre, es war nicht einer darunter, der aus falschem Ehrgeiz oder Habgier handelte. Sie waren vielmehr wie Kinder, wohlbehütete, unverdorbene Kinder, mit der Freude, dem Übermut, dem Ungestüm der Jugend. Und es kam ihnen gerade recht, dass ihr mutiger Einsatz mit dem Glanz von Ruhm und Ehre belohnt wurde. Das Rittertum sagte ihnen, wer sie waren. Sie mussten es nicht selbst herausfinden. Sie mussten auch nicht unnötig darüber brüten, was Recht und was Unrecht war. Die Regeln waren bereits festgelegt. Das Spiel konnte beginnen!

Haben sie jemals geahnt, wie sehr du um deine eigene Gerechtigkeit kämpfen musstest? Wie du mit Mühe auf dem schmalen Pfad zwischen Liebe und Verachtung wandertest? Auf welche Seite du auch gefallen wärest – sie hätten sich mit Hohn und Enttäuschung von dir abgewandt. Aber du fielst nicht, und sie folgten dir bedenkenlos, während du voller Zweifel deinen Kopf an die Wand schlugst. Große Zweifler, mein Freund, sind mir mit den Jahren doch lieber geworden als große Helden. Doch wenn ich es recht bedenke, sind die größten Zweifler die trefflichsten Helden.

18

Du warst die Macht, sie wollten eins sein mit dir. Sie liebten dich und hätten jederzeit ihr Leben für dich gegeben. Auch ich liebte dich, mein König. Ich habe Gareth geliebt und Gawain und Lionel. Was hat unsere Liebe genützt, als unsere Regeln ins Wanken gerieten und niemand mehr Recht und Unrecht zu unterscheiden vermochte? Hättest du den Untergang verhindern können, wenn du damals gefallen wärst, wenn du dich für eine Seite entschieden hättest?

Was denken Männer in einer Schlacht? Keine Antwort diesmal, mein König? Nur ein zynisches Lächeln statt der Worte, auf die mein gequältes Herz lauert?
Was mich angeht, so habe ich das Denken vermieden. Denn es lähmte meinen Schwertarm. Ich spürte keine Angst. Aber ich fühlte eine tiefe Sehnsucht in mir. Wonach? Sehnte ich mich nach Liebe? Oder sehnte ich den Tod herbei? Und ist es nicht gar ein und dasselbe, wenn wir den Verstand verlieren, wenn wir taumeln und uns gegen den Selbstverlust zu wehren versuchen? Tötete ich aus Angst, mein Leben zu verlieren? Oder tötete ich aus Wut und Verzweiflung meiner unerfüllten Liebe wegen? Habe ich gar meine

Fähigkeit zu wahrhaftiger Liebe getötet? So viele Fragen, mein König. Zu viele Fragen.

Ich kam also nach Camelot und trat in den Dienst eines Königs, kaum älter als ich selbst, der noch dieselbe naive Gläubigkeit an Frieden und Gerechtigkeit besaß wie seine gerade erwählten Ritter. Und doch hattest du schon Schlachten geschlagen, Feinde vertrieben, das Erbe eines Königreiches angetreten. Niemand konnte dir etwas vormachen. Du glaubtest an alles Gute dieser Welt und wolltest mit aller Kraft daran glauben, aber niemand hätte dich täuschen können. Mit Leichtigkeit ertrugst du es, dich der machthungrigen Meute zu stellen, die deine Krone begehrte. Du warst ein erfahrener Kämpfer und Heerführer, ein geschickter Politiker. Jahre später konntest du auch jeder Enttäuschung mit einer Gelassenheit begegnen, die alle Verzweiflung bereits überwunden hatte. Und in dein Lächeln schlich sich dieser Zynismus, diese Selbstverspottung, dieses Wissen des Opfers um die eigene Unheiligkeit.

Der Frieden war doch das Höchste und Heiligste, das wir zu erreichen suchten. Und doch zeigen sich die

Menschen gerade in langen Zeiten des Friedens nicht von ihrer besten Seite. Sie wiegen sich in kindhafter Sicherheit und bilden sich ein, ihr Leben wäre von langer Dauer. Sie verbringen die ihnen geschenkte Zeit ohne Dringlichkeit und ohne Spannkraft, denken nur an die Zukunft und vergessen die Tat, die heute zu vollbringen ist. Sie haben wenig füreinander übrig, werden träge und genügsam. In der Not aber rücken sie zusammen und erkennen ihre wahre Menschenseele. In der Not des Krieges hätten wir uns erkennen können.

Für einen wahren Krieger ist der Tod der Ursprung seiner Kraft. Wenn er kämpft, geht es immer um das eigene Leben, und dennoch muss er jederzeit bereit sein, es zu verlieren. Unvollendet und fern der Wahrheit, die er zu finden hoffte. Wir haben nicht in der Illusion gelebt, beliebig viel Zeit zu haben, mein König. Tief in unserem Innern waren wir jederzeit damit einverstanden, unser Leben zu verlieren.

Du warst ein guter Kämpfer und du hast großartige Schlachten geführt. Und dennoch verabscheutest du in Wahrheit das Töten. Du konntest nicht hassen, und doch hat dich gerade dieser Umstand befähigt, kaltblütig und mit strategischer Präzision so viele Menschenleben zu opfern wie kein Heerführer vor dir. Ich stand immer bereit, für dich zu sterben. Heute komme ich zu spät.

Nein, lass mich weinen. Es ist niemand da, den es rührt.

Gwenhyfaer. Wir kommen nicht umhin, immer wieder über sie zu sprechen. Ich will versuchen, dies ohne Bitterkeit zu tun.

Während ich immer wieder in das Todesdunkel des Krieges eintauchte, in Einsamkeit und Verwirrung, traf mich ihr Wesen gleichermaßen wie ein Lichtstrahl, verlässlich und beständig wie die Sonne, die den Tag erhellt. Sie war nah genug, um mich dursten und dörren zu lassen, aber ich wünschte, sie hätte mich verbrannt. Was soll ich sagen? Ich liebte sie und konnte nicht von ihr lassen. Das ist auch schon alles.

Wenn du nur nicht wieder diesen Spott in deinem Gesicht hättest! Das ist nicht recht für einen Sterbenden!

Schon gut, ich war nicht der Einzige, der sie angebetet hat. Aber ich war der Einzige, der sich niemals von ihr befreien konnte, der ein Leben als Wahnsinniger geführt hat, während sie weiterhin deine Bettstatt teilte.

22

Sie sonnte sich in meiner Verehrung, während ich in ihrem Schatten moderte. Verstehst du jetzt, warum ich wie ein Irrer in jede Schlacht, auf jedes Turnier zog? Was tut ein Mann mit all der Kraft in seinen Lenden? Ich habe schlecht gewählt, mein Freund, wenn ich denn jemals eine Wahl hatte. Ich war ein Kampftier und ein Heiliger zugleich! Hätte ich doch so geliebt wie ich getötet habe! Oder hätte ich doch mit meiner heiligen Entsagung in einem Kloster gelebt. Ich hätte meine Seelenruhe finden können.

Warum? Warum hast du uns gewähren lassen? Warum hast du mich nicht getötet für den Verrat, den ich begangen habe? – Deute ich deine heiser geflüsterten Worte richtig? Bist wirklich du es, der mich um Verzeihung bittet? Solange, mein König, hat mich diese Frage gequält. Ich habe Nächte damit zugebracht, eine Erklärung zu finden. Und dies ist nun deine Antwort? Nicht nur, dass du gestehst, sie hätte dir nichts bedeutet. Mehr noch – ihr zerstörender Charakter hätte dein eigenes Heil gefährdet. Das Volk aber verlangte nach ihr, nach dieser vergoldeten Statue einer Königin. Sie musste an deiner Seite bleiben und durfte dir keinesfalls zu nahe kommen. Und so habe ich dir dieses Opfer gebracht: sie von dir fernzuhalten und ihr zerstörerisches Werk auf mich zu ziehen.

Nein, bitte mich nicht um Verzeihung. In deiner letzten Stunde soll all mein Leiden noch einen Sinn erhalten. Ich bin ein glücklicher Mann, König Artus!

Der Krieg war vorüber. Vorbei die blutigen Schlachten, die einsamen Nächte in den Feldlagern, die endlosen Märsche durch Einöde und Dreck. Vergessen die Toten, vergessen die Trauer und vergessen der Schmerz. Das Leben schaut nicht zurück, wir können immer nur vorwärts mit ihm gehen.

Ein ruhiges, geschäftiges Treiben herrschte auf Camelot. Nach den grauen Tagen, in denen sie den hungrigen, schmutzigen Menschenmassen als Fliehburg gedient hatte, gelüstete es alle Augen nach Schönheit und vollendeten Formen. Sie wollten mehr als nur überleben. Ihr Hunger, ihre Gier nach Sinnesfreuden aller Art war unermesslich.

Wir aber, die wir getötet und gelitten hatten für diesen Frieden, waren wie Eingeweihte unter Unwissenden. Die grausamen Schlachten, die wir geschlagen hatten, waren für uns nicht Vergangenheit, sondern ein unauslöschlicher Zustand unserer Seelen. Nicht die Zeit, sondern der Kampf hatte uns altern lassen von einem Tag auf den anderen. Die Gräuel, die wir überlebt hatten, drängten uns, Fragen zu stellen. Fragen nach Dingen, von denen niemand wissen wollte. Fragen, die uns unruhig werden ließen. Ja, wenn ich es recht bedenke, begannen wir schon damals jene Unruhe zu empfinden, die uns zu dem getrieben hat, was wir heute getan haben – vollbracht haben, sollte ich sagen.

Doch was tut ein Mann, der nicht beim Schmieden des Eisens die Kraft seiner Muskeln spürt? Was tut der, welcher nicht die aufgegangene Saat seiner Felder erntet oder sich um die verirrten Jungtiere seiner Viehherde kümmert? Und was tut ein Mann, der seine besten Jahre auf dem Schlachtfeld zugebracht hat und nun seine Tage am Hofe des Königs verbringen soll?

Oh, lass es uns gestehen, mein König: Er jagt Eber und Hirsch nicht nur um des Fleisches und des Hungers willen. Er kümmert sich um die Instandhaltung der Kriegsgerätschaften, um die Kampffähigkeit seines Leibes. Er übertrifft sich täglich selbst im Ersinnen neuer Strategien der Kriegsführung. Nur für den Fall aller Fälle.

Aber wir hatten Frieden, einen langen Frieden. Und aus der Not des Mangels, den wir vorher erlitten hatten, waren wir unversehens in die Not des Überflusses geraten. Wir feierten prunkvolle Feste, vergnügten uns am animalischen Kräftemessen der Ritterschaft bei den Turnieren, zum Wohlgefallen und Entzücken der Damen. Während in früheren Zeiten die Kriegerhorden den Winter über von ihrem König freizügig bewirtet wurden, um im Sommer für ihn in den Krieg zu ziehen, mussten wir uns an deinem Hof mit vielerlei Ersatz zufrieden geben.

Wir spielten ein wunderbares Spiel, mein König. Wir, die Ritter der Tafelrunde. Und wir glaubten, uns diese wohlgefällige Leichtigkeit unserer Tage mit dem Einsatz unserer Leben zur Rettung des Volkes verdient zu haben, indem wir nun von seiner Arbeit lebten. Wir glaubten an diese Gerechtigkeit, denn wir waren das Recht. Was ist ein Herr ohne Sklaven? Was ist ein Krieger ohne Feind?

Warum, mein Freund, halte ich dich nun sterbend in den Armen? Wir wurden unserer Spiele überdrüssig und begannen, ahnungslos und unschuldig gefährlichere Varianten zu ersinnen. Unsere entfesselten

Kräfte hatten kein Ziel, sie irrten umher. Wir waren Pfeile, die ihre Richtung verloren hatten.

Ich knie in deinem Blut und kann nicht umhin, dir zu sagen: Du bist ein Opfer unserer Langeweile. Unserer tödlichen Langeweile.

Für eine kurze Zeit vergaß ich die brennende Leere in mir, meine Zerrissenheit, die mir das Leben in zwei Welten beschert hatte. Manchmal konnte ich in der Schwere des Weines sogar Gwenhyfaer vergessen. Dann wieder erschien gerade dann, wenn mir die Sinne vernebelt waren, ihr Gesicht auf der Oberfläche der roten Köstlichkeit, die mir warm in die Lenden stieg und dort irgendwo versickerte.

Ich fand Freunde und Verwandte an deinem Hof und konnte mich eine Zeitlang in Sicherheit fühlen. Aber es war nur ein Trugbild von Geborgenheit und Zugehörigkeit, das nicht lange währte.

Mein Bruder Ector kam nach Camelot, und mit meinen Vettern Lionel und Bors verband mich tiefe Zuneigung. Bors war ein strenggläubiger Christ, der sich mit der Gewissenhaftigkeit eines Märtyrers an jede Art von Gesetz hielt und mich damit häufig in Wutausbrüche trieb. Ich sehe ihn noch dastehen; Verständnislosigkeit in den gutmütigen Zügen, nahm er meinen Zorn als etwas Gottgegebenes hin. Er liegt nicht weit von dir. Die Lanze, die seine Brust durchbohrt hat, trägt dein eigenes Wappen. Er hat bis zuletzt versucht, dich zu schützen.

Lionel hingegen liebte ich mit einer Art Zärtlichkeit. Lionel war ein rechter Glücksritter – fröhlich und leicht, ein angenehmer Gesellschafter, der Frohsinn verbreitete und mir mit seiner heiteren Leichtigkeit die düsteren Gedanken vertrieb.

Das größte Vertrauen hatte ich zu den Söhnen des Lot von Orkney, Gawain, Gareth, Gaheris und Agrawain. Gott stehe mir bei, ich kann das Zittern in meiner Stimme nicht verbergen, wenn ich von ihnen spreche.

Warum nur ist alles so gekommen?

Aber so weit sind wir noch nicht. Stirb jetzt nicht, König Artus. Höre meine Geschichte an.

Weder dem machtlüsternen Lot noch seiner Gattin, deiner Tante Morgause, war zu trauen, und dennoch waren ihre Söhne deine treuesten Gefährten. Sie ließen sich nicht missbrauchen von ihrer intriganten Mutter, die im Übrigen nie zu altern schien. Ihre Rechnung ging ebenso wenig auf wie die der anderen Fürsten, die ihre Söhne an deinen Hof gesandt hatten.

Denn mit uns geschah etwas Seltsames. Unser Kreis begann sich allmählich zu schließen, entzog sich der Welt. Es war wie ein Bann, der geschlossene Kreis einer Magie. Keiner von uns konnte sich mehr entziehen, wir waren einander ausgeliefert, verdammt zu tödlichem Vertrauen. Gawain wurde mir zum innigsten Freund und Waffengefährten.

Ich liebte Gaheris und Gareth, ich liebte Lionel. Und doch war ich es, der sie getötet hat.

Ermüde ich dich, mein König? Verzeih, doch im Angesicht deines Todes ersteht mein Leben noch einmal neu vor mir. Ein letztes Mal noch will ich meine Erinnerungen leben lassen, um sie dann für immer im dunkelsten See meiner Seele zu versenken. Halte die Augen nur ruhig geschlossen. Vielleicht werde ich es nicht bemerken, wenn ich längst zu einem Toten spreche. Noch aber hebt ein schwacher Atem deine Brust.

Ich will dir von dem Tag erzählen, an dem Gaheris an deinen Hof kam. Du weißt, dass viele Männer kamen, um sich mit mir, Lancelot zu messen, edle und weniger edle Ritter. Und wie du weißt, war ich nicht dazu erzogen worden, jemals der Verlierer zu sein. Selbst du hast mich benutzt, mein König. Solange dein erster Ritter siegte, war dein Reich unbesiegbar. Kein Vorwurf, lieber Freund, schließe die Augen nur wieder. Könnte ich noch einmal von vorn beginnen, würde ich vieles anders machen. Aber ich würde mich in jedem Leben wieder entscheiden, dir zu dienen.

Gaheris. Er folgte seinen Brüdern nach Camelot, wo ihn niemand haben wollte, denn er war viel zu jung. Er war seiner Mutter entflohen, die den letzten ihrer Söhne für sich wollte. Sein erster Kampf sollte der um Anerkennung sein. Was war kühner, als den besten aller Ritter herauszufordern?

Er kam nicht als Gaheris von Lothian und Orkney zu uns. Er kam als irgendeiner, der einen Platz wollte, den er sich verdienen musste, den er nicht um seines Namens willen hatte. Er kam als einer, der es wagte, sich auf der Stelle mit Lancelot zu schlagen und zu siegen oder für immer seinen Platz an der Tafelrunde verloren zu geben.

Ich spürte Lust, ihm den Kampf zu verweigern. Hing es denn von jedem dahergekommenen Rohling ab, dass ich auf seine Stufe herabsinken musste? Er aber brauchte eine dringliche Tat zur Reinigung seiner Seele. Ich kämpfte mit einem Jungen, der nicht gegen Lancelot, sondern gegen eine Welt kämpfte, die seiner nicht bedurfte. Sein Feuer verlieh ihm übermenschli-

30

che Kraft, gegen die selbst ich mich nur mit Mühe zur Wehr setzen konnte. Ich spürte seine Angst, seine Verzweiflung. Er kämpfte mit all der Wut einer verletzten Seele. Durch seine unkontrollierten, unberechenbaren Hiebe verwirrte er meine kämpferische Erfahrenheit. Hatte ich doch keinen Gegner, der überleben wollte. Ich hatte Angst, ihn zu verletzen, hielt meine Kräfte zurück, wich ihm aus. Aber dies versetzte ihn nur noch mehr in Wut. Meine Zurückhaltung beleidigte ihn. Schon ersann ich unter seinen wilden Hieben einen Ausweg, ob ich ihm wohl einen Schlag versetzen könnte, der ihn kampfunfähig machen könnte, ohne ihn zu demütigen. Auch hätte ich in ruhiger, konzentrierter Abwehr seine Erschöpfung abwarten können. Doch wenn es mir nicht gelänge, wäre er nicht nur für sich selbst verloren gewesen, sondern auch für mich.

Zuviel Aufmerksamkeit erforderten aber diese Überlegungen von mir, so dass ich für einen Augenblick ungedeckt blieb und eine tiefe Wunde von ihm empfing. Für Sekunden war ich fassungslos, stolperte, taumelte. Hatte ich mir gerade Gedanken darüber gemacht, wie er zu schonen sei, stieg nun eine betäubende Wut in mir auf. Denn was er gerade verwundet hatte, war nicht mein Leib gewesen. Es war mein Herz, das sich um ihn gesorgt hatte. Rasend vor innerer Qual brachte ich ihm mehrere blutige Wunden bei, erkannte nicht mehr, ob sie ihm gefährlich seien oder nicht. Ich strafte ihn für seine Unfähigkeit und seinen Unwillen, in mir einen Menschen zu sehen. Er konnte nur das Kampftier in mir sehen, das erniedrigt, verletzt, besiegt werden musste.

Ich nahm noch die erschrockenen Ausrufe und das missbilligende Murren meiner Kameraden wahr, die unerwarteter Weise um sein Leben fürchteten. Meine Kampftaktik war ihnen nicht entgangen. Sie hatten sich amüsiert und erwartet, dass sich Gaheris am Ende selbst besiegen würde mit seinem unausgereiften Kampfstil. Nun sahen sie bekümmert die Wandlung dieses Spiels zum Kampf auf Leben und Tod, wussten sie doch um meine Überlegenheit und verachteten meinen Jähzorn. Sie wussten nichts von jener inneren Verwundung, die viel tiefer, viel bedrohlicher war als alle, die ich jemals in einer Schlacht erhalten hatte. Und wer war er denn, dass sie sich um diesen anonymen Neuankömmling mehr sorgten als um mich, ihren Freund und Kameraden? Niemals vorher hatte es ihnen leid getan um ein dahergekommenes Großmaul, das es wagte, sich mit einem Ritter der Tafelrunde zu messen.

Schließlich lag Gaheris auf dem Boden, ohne Wehr, ohne Deckung. Ich kam zu mir, sah beschämt auf ihn herab und fühlte mich wie ein ungehorsames Kind. Angst bemächtigte sich meines verwundeten Herzens. Er blutete aus seinen Wunden und es schmerzte mich tief, nicht nur die Kraft seines jungen Körpers gebrochen zu sehen, sondern auch seinen Stolz. Ich klappte das Visier hoch, rang nach Luft, taumelte einige Schritte auf ihn zu. Mir war, als hätten die Männer um mich herum zu atmen aufgehört. Eine angespannte Stille umgab mich und den Jungen. Unsere Blicke trafen sich, fragten, forschten.

Niemals verachtete ich mich selbst mehr als damals, als ich zum ersten Mal um die entsetzliche Möglichkeit meiner eigenen Macht wusste. Ich konnte nicht anders, ich musste mich abwenden und gehen. Es war mir dennoch gelungen, niemanden zu enttäuschen, weder was meine Kampfeskraft noch die so genannte Ritterlichkeit anging. Eines Tages sollte ich es doch tun. Aber vorläufig konnte ich ihrer aller Vorbild bleiben.

Hast du je geahnt, mein Freund, auf welch schmalem Grat auch ich wanderte? Jeder Mensch, der innen nicht ist wie außen, wird eines Tages den Fehler machen, die eine oder andere Seite zu verraten. Und ist dies nicht tragischer für jene, die ihr Ideal zerbröckeln sehen, als für ihn selbst?

Ich trauere nicht darum, was ich getan habe. Ich bin nur entsetzt, was ihr mir daraus gemacht habt!

In den kommenden Tagen suchte ich häufig die Gesellschaft des Jungen. Seine Wunden heilten schnell und mit ihnen verschwand meine Scham. Wir wurden einander schnell vertraut; Gaheris war wie ein Sohn für mich.

Er hatte sich seinen Platz wahrlich erkämpft, und es kam die Zeit, da er durch mich zum Ritter geschlagen werden sollte. Die Nacht vor der Zeremonie durchwachten wir gemeinsam in der kleinen, neu errichteten Kapelle im Burghof, saßen frierend, tief in unsere Gedanken versunken beieinander. Der Geruch von Weihrauch bedrängte meine Sinne und mich überkam der Gedanke, dass ich im Begriff war, an dem Jungen ein falsches Ritual zu vollziehen. Mit jeder Stunde sank das Dach der Kapelle tiefer auf unsere Köpfe herab, bis mir bewusst wurde, dass ich weder die Anwesenheit Gottes noch die aller Götter spüren konnte. Ich wusste plötzlich, wir hätten den freien Himmel über uns haben sollen. Ich hätte das Strahlen der Sterne über mir haben müssen, um zu wissen, auf welchen Weg ich den Jungen schickte. Aber ich hatte weder den Mut, mich aufzulehnen gegen eine Macht, die mir fremd und unberechenbar war, noch schien es mir recht, gegen des Königs Anweisung zu rebellieren. So ertrug ich die erdrückende Stille zwischen den Mauern, die meine Gebete verschluckten. Vergeblich wartete ich auf die Antworten, die ich stets erhielt, wenn die Bäume in den Hainen zu flüstern begannen, wenn mir der Wind wie die Hand meiner Mutter über das Haar strich und ich fühlen konnte, dass es etwas gab, dem ich angehörte.

Am Morgen vollendete meine Hand, was mein Herz mir versagte, als sich die kleine Kirche mit unseren Edelsten füllte und ich Gaheris den Ritterschlag gab. Von da an hatte ich das Gefühl, Gaheris getötet zu haben. So schließt sich der Kreis, mein König. So schließt sich jeder Kreis. Wir haben alles vollendet, was wir begonnen haben.

Seit dieser Nacht wusste ich, dass ich die Antworten, die ich zu finden hoffte, auf Camelot niemals finden würde. Ich musste den Ort verlassen, von dem ich gehofft hatte, dass er meine Seele die Ruhe finden lassen könnte, derer ich bedurfte. Ich musste dich verlassen und ich musste meine Liebe verlassen, an der ich mehr litt als an allem anderen.

Ich ging ohne ein Wort des Abschieds, und vielleicht hat mich das für immer zu einem Fremden gemacht. Wir lassen den, den wir nicht verstehen, nur ungern in die Nähe unserer mit Mühe erhaltenen Gemütsruhe. Ein unruhiger Geist ist uns gerade noch angenehm, wenn er uns Antwort gibt auf Fragen, die wir nicht gestellt haben. Nicht aber, wenn er Fragen stellt, deren Antworten wir nicht zu suchen wünschen. Du allein wusstest um die unruhige Begegnung zweier Welten in mir. Zur rechten Zeit gabst du mir ein Lehen mit einer Burg, dem „Freudenturm", als wolltest du meinen nicht vorhandenen Frohsinn herausfordern. Vergeblich. Denn ein froher Sinn wollte sich nicht einstellen. Ich blieb denn auch nicht lange dort, hatte ich Camelot doch nicht verlassen, um in den gleichen Gewohnheiten an einem anderen Ort zu verweilen. Ich zog bald hierhin, bald dorthin. Ich ritt im

Lande auf und ab, mir selbst immer auf der Spur, und doch mir selbst der lästigste Begleiter. Wer überall ist, der ist im Grunde nirgendwo. Ich kämpfte als unbekannter Ritter auf Turnieren, war galanter Gesellschafter auf fröhlichen Festen, half den Bauern beim Einbringen der Ernte, wenn ich gerade des Weges kam. Ich teilte ihr Brot, atmete die schwarze Erde und fühlte mich manchmal für Augenblicke glücklich. Tiefe Zufriedenheit erfüllte mich mit zunehmender Einfachheit, wenn das Leben aus Essen und Schlafen und Arbeit bestand. Warum mehr? Warum liegst du auf diesem Schlachtfeld und gibst deinen Leib hin für deine Tapferkeit, nach etwas zu streben, das der Erhaltung deines Leibes nicht diente?

Warte, mein König, ich werde deinen Rücken ein wenig anheben, damit du deinen keuchenden Atem vom Blut befreien kannst. Denn diese Antwort will ich hören von dir, mehr als jede andere.

Dieses ist ja gerade die äußerste Prüfung, höre ich dich sagen. Wenn wir uns einem höheren Ziel oder einem anderen Menschen weihen. Wenn wir aufhören, zuerst an uns selbst zu denken. Dies, Lancelot, macht einen wahrhaftigen Helden aus.

Harte Worte für mich, mein König. Gern hätte ich mein Leben ihr geweiht. Aber ich scheiterte an meiner Unbeständigkeit und meinen Leidenschaften.

Mein Weg führte mich eines Tages nach Corbin, wo ich für längere Zeit Gast an König Pelles´ Hof sein sollte. Ein unverbesserlicher Patriot und alter Haudegen, welcher der Zeit der großen Schlachten nachtrauerte wie kein Zweiter. So oft er es vermochte, trug er seinen schwerfälligen, gichtverkrümmten Leib in die umliegenden Wälder, um etwas Großes zu erlegen, etwas, das der Größe seines gefesselten Mutes entsprach. Sein Sohn Lavaine wurde mir ein guter Freund und Gesellschafter. Ein junger, weiser Mensch, der sich nicht in nichtsnutzigen Spielen verschwendete, sondern seine Pflicht tat. Ein tapferer, leidenschaftsloser Kämpfer, der die Ehre, ein Ritter des Königs an der runden Tafel sein zu dürfen, ausgeschlagen hatte. Lavaine liebte die Herbstsonne, roten, unverdünnten Wein und ein gutes Gespräch mit einem Freund. Nie war ich mehr bemüht, von einem anderen Menschen zu lernen. Eine Zeitlang hatte es sogar den Anschein, als könnte ich es ihm gleichtun.

S i e sah ich nicht. Sie war immer da, zu jeder Zeit in unserer Nähe. Doch war ich noch zu sehr von der Sonne geblendet, um die Blumen blühen zu sehen.

Elaine. Sie hatte die kühle, stille Schönheit des vollen Mondes. Sie lag wie eine Perle auf dem tiefsten Grunde der See, unberührt von den tosenden Wogen über ihr, ein zarter Glanz von Beständigkeit in dunklen Wassern.

Längst hatte ich mich in ihre Gegenwart verliebt, bevor ich sie zum ersten Mal ansah. Als ich ihren Augen begegnete, war es mir, als würde mich ihr Blick umfangen wie ein kühles Bad an einem heißen Sommertag. Nicht, dass sie ohne Leidenschaft gewesen wäre, aber in ihren Augen war weder Forderndes noch Begehrendes. Sie war von kühler Vernunft, von einer Gelassenheit, die Dinge, die kommen, hinzunehmen, und jene Dinge, die nicht zu haben sind, ziehen zu lassen. Sie war wie der Wind, der die Wogen meiner aufgepeitschten Seele glättete, wie ein Stern, der meinem verirrten Geist die Richtung wies. Mein Innerstes seufzte auf vor Erleichterung. Bewegungslos ließ ich mich treiben auf den ruhigen Wassern, die Wölbung des Himmels über mir und ohne Bewusstsein für die gefährliche Tiefe unter mir. Etwas wie Zeit existierte nur noch in meiner Erinnerung.

Doch wie du weißt, mein König – ja, winkle das Bein an, damit dein Leib entspannter liege – wie du also weißt, habe ich die unglückliche Eigenheit, dass mir jede Lage, in der ich sein könnte, wünschenswert erscheint, ich aber freudlos wie ermüdet bin, sobald ich erreicht habe, wonach ich strebte. So war ich nicht wenig erleichtert, als der noch immer schlaggewaltige Ritter Pelles ein großartiges Turnier im Orte Astolat zu veranstalten gedachte, zu dem kein Geringerer als du mit deinem berühmten Gefolge geladen werden sollte.

Mich erregte der Gedanke, alle Freunde – waren sie denn noch meine Freunde? – wieder zu sehen, obgleich ich von ihnen nicht erkannt werden wollte. Auch schaffte mir die Überlegung Unbehagen, gegen die Kameraden von Camelot antreten zu müssen. Was, wenn ich einen von ihnen schwer verwundete? Was, wenn sie mich erkannten? Ich wollte nicht, dass sie so schlecht von mir dachten wie ich über mich selbst.

Und Elaine, sonst so zurückhaltend, drängte mich ohne Bedenken, in fremder Rüstung an dem Turnier teilzunehmen. Ich wusste wohl, dass sie sich davon erhoffte, ich werde ungeteilten Herzens daraus hervorgehen; klar im Verstand, im Geiste und im trüben, aufgewühlten Grund meiner Seele. Es war Zeit für eine Entscheidung, und sie, die niemals etwas gefordert hatte, wollte mich bleibend oder gehend, in jedem Falle aber von Entschlossenheit.

Freude und Angst trieben wie umeinander gewundene Schlangenleiber durch meine Brust. Hoffte ich denn, dass meine Sehnsucht nach den Freunden auf diese Weise würde gestillt werden können – ihnen begegnen, ohne erkannt zu werden? Und war diese Begegnung vonnöten, um zu entscheiden, wohin und mit wem ich künftig gehen sollte? Doch schließlich erwachte sogar Belustigung in mir bei dem Gedanken, als unerkannter Ritter einen nach dem anderen von ihnen aus dem Sattel zu heben. Denn meines Sieges war ich mir sicher. Der Grund meines Zögerns war, dass sie mich an meiner Kampfweise erkennen würden.

War es mir niemals in den Sinn gekommen, der unerkannte Verlierer zu sein? Nicht einmal vor mir selbst hätte ich unterliegen können!

So kam der Tag der Entscheidung. Nicht die Entscheidung des Kampfes auf dem Turnierplatz – was hätte ich darum gegeben, wenn es so einfach gewesen wäre! Und hätte ich denn wissen können, dass mich das bevorstehende Ereignis einsamer denn je machen sollte?

Astolat war laut und bunt wie ein Hofnarr. Ich war auf solche Festlichkeiten nicht mehr eingerichtet; zu lange hatte ich in Ruhe und Zurückgezogenheit gelebt, von wenigen vertrauten Menschen umgeben.

Ich sah dich auf der Tribüne stehen, mein König. In dem Lächeln, das du zur Schau trugst, erkannte wohl nur ich die arme, heruntergekommene Königswürde, die dort entstehen konnte, wo großartiges Menschendenken zu sinnlosem Spiel verkommt. Ich konnte von Weitem sehen, wie sich deine Selbstachtung den Pfad aller Tugenden zu verlassen anschickte und jenes zynische Lächeln prägte, das du noch im Tode tragen wirst. Nicht dein Handeln war menschenverachtend und niemals deine Worte. Nur dieses Lächeln, das erlaubtest du dir. Mit diesem Lächeln konntest du unerkannt deine Enttäuschung in die Welt schicken.

Neben dir Gawain in seinem unerschütterlichen Sinn für Recht und Gerechtigkeit. Einige Plätze weiter sah ich sie, unsere Königin. Tiefe Bekümmertheit hinter dem gequälten Lächeln, zerbrechlich und abgemagert

42

– noch weitaus schlimmer als in meiner kranken Phantasie. Galt dieses Leiden mir?

Ich schwankte in einem Moment der Schwäche und hielt mich krampfhaft am Sattelknauf. Ganz gleich, wie ich entscheiden würde – ich musste in jedem Fall das Falsche tun.

Mich überkam plötzlich eine Wut, die mir die Sinne trübte. Wagte sie es wirklich, mich für ihr Leiden anzuklagen? Hatte es sie je gekümmert, welche Finsternis ich durchwanderte? Waren denn ihr Kränkeln, ihr Verfall, ihre Tränen Ausdruck ihrer Liebe? Und waren meine Flucht und mein Schweigen Ausdruck meiner Nicht-Liebe? Hier war ich, der sich ihrem Herzen am nächsten glaubte. Erkannte sie mich?

Verzeih, mein König, aber wenn ich an sie denke, ist es noch immer, als stünde sie vor mir. So vieles, was ich ihr niemals gesagt habe, was ich ihr niemals mehr sagen werde. Aber du, du wirst sie mit in dein Grab nehmen, die ungesagten Worte des enttäuschten Ritters an deine Gemahlin. Wirst du mir diese Verletzung der Etikette verzeihen können, bevor du scheidest?

Woher nur kommt deine Stimme, wo du kaum mehr Atem hast, der deinen Worten Auftrieb verleihen könnte?

Und diese übermenschliche Anstrengung nur, um mir zu sagen, wie bedeutungslos das alles war? Wie gern wäre ich an deiner Stelle, wo es leicht scheint, alles loszulassen und alle Leidenschaften zur völligen Bedeutungslosigkeit schrumpfen zu sehen.

Was hatte Bedeutung? Was nimmst du mit?

Schon gut, spare deinen Atem für diese letzte Antwort, die wohl überlegt sein will.

Hässlich und vergrämt saß sie dort. Aber es war nicht die Sorge um einen Menschen, der ihre Schönheit stumpf werden ließ. Es war ihr verletzter Stolz, ihre gekränkte Eitelkeit, weil es jemand gewagt hatte, sich von ihr abzuwenden. Sie trauerte nicht um mich; sie trauerte nicht einmal um sich selbst. Wo war ihr Glanz, ihr göttliches Strahlen? Ihre edlen Gewänder täuschten nicht hinweg über einen kleinlichen, herrschsüchtigen Charakter.

Und dennoch. Ich fühlte mich schuldig im Angesicht ihrer zerstörten Schönheit, denn ich empfand kein Bedauern. Ich musste sie zerstören, um mich ihrer Täuschung entziehen zu können. Das letzte Mitleid, das ich für sie empfand, ließ sich wie Asche im Wind zerstreuen.

Ich wusste, ich musste einen Fehler machen, um einen anderen zu vermeiden. Ich musste etwas Falsches tun – so hatte es begonnen, und so musste es auch enden. Und wo waren sie jetzt, unsere guten Regeln der Ritterschaft, die uns immer überzeugt sein ließen, das Richtige zu tun? Dem wirklichen Leben sind diese Gesetze fremd, das weiß ich heute. Es gibt nicht Richtig und Falsch. Es gibt nur das, was wir wollen. Und der Wille ist frei von jedem Urteil.

Glaube mir, mein König, dort draußen im kalten Universum existiert nicht einmal Gut und Böse. Ich glaube nicht an jenen Gott, der die Menschen nach ihrem Tod richtet. Wir sind überheblich und respektlos, wenn wir glauben, die Götter hätten niedere Eigenschaften und kleinliche Gedanken wie wir selbst, die wir nicht über unseren begrenzten Leib, über diese Erde hinaus denken können. Selbst der Grausamste unter uns erfüllt nur sein Schicksal. Jede Tat hat ihren Sinn in einer großen Ordnung, die wir nicht verstehen. Die Götter rächen nicht und sie bestrafen nicht. Sie werden uns auch nicht belohnen für unsere guten Taten. Vielleicht lachen sie über uns, gerade über uns, die wir so viel von Gerechtigkeit zu verstehen meinten.

Nur ein geringer Teil unseres Verstandes hat die Welt geschaffen, in der wir leben. Der Rest liegt im Dunkel, und wir sollten vor dem, was wir nicht wissen, auf die Knie fallen. Dich, mein König, trennt nur noch ein dünner Schleier von der großen Erkenntnis. Könnte ich mit dir gehen ...

Aber ich schweife wieder ab. Ich wollte dir von Astolat erzählen. Astolat, wie du es nicht sahst von deinem Platz dort oben auf der Tribüne. Astolat, wie ich es erlebt habe.

Die Kämpfe auf dem Turnierplatz hatten begonnen, aber ich saß noch immer unschlüssig auf meinem Pferd, verborgen unter beschützenden, hohen Eichen. Lavaine hatte sein Pferd neben das meine gelenkt und erwartete voller Unruhe, wenn auch schweigend, meine Entscheidung. Er selbst wollte nur um meinetwillen am Turnier teilnehmen.

Konnte ich es wirklich wagen, gegen sie zu kämpfen? Donnernd und tosend rasten Dutzende von Pferdehufen aufeinander zu. Ich hörte das Splittern der auf Schilde krachenden Lanzen, das Rufen und Schreien der Männer. Wenn es hier auch nicht darum ging, zu töten und zu verwunden, so würde doch manch einer schwere Verletzungen davontragen – sei es, unglücklich von einer Waffe getroffen zu werden, oder sich, auf dem Boden liegend, nicht vor den Hufen der Rosse in Sicherheit bringen zu können. Das Fest würde weitergehen, und niemand würde am Abend noch der Unglücklichen des Tages gedenken. Wohl aber würden die Sieger fröhlich gefeiert werden. Nie war es mir mehr bewusst als an diesem Tage, wie sich Männer zum Narren machten, sich selbst erniedrigten – zum Entzücken der Damen. Ich liebte die Damen – oh ja, das tat ich! Gern ließ ich mich von ihnen bewundern, wenn ihnen auch mein Herz verschlossen blieb, das ich in meine unselige Liebe eingekerkert hatte. Doch an diesem Tag sah ich die kalte, unselige Wahrheit so deutlich, dass es schmerzte. Sie standen dort in ihrer Unwissenheit und Dummheit, mit bunten Tüchlein winkend, stolz die Schärpen schwenkend, die ihnen irgendeiner der Ritter übergeben hatte. Sie wirkten unschuldig wie Kinder, aber - bei Gott – du und ich, mein König, wir wissen, dass sie es niemals gewesen sind. Sie waren weit genug entfernt, um das Blut nicht sehen zu müssen. Und keine von ihnen sollte einen schwer verwundeten Mann zu sehen bekommen. Eine zierliche Heldenwunde, ja, das ging noch an. Aber nicht das grässlich klaffende Loch eines mit dem Tode Ringenden.

Doch nur der Sieger gab Anlass zur Feier. In der Nacht, wenn alle Köpfe berauscht waren vom schweren Wein, würde sich niemand mehr des Siegers erinnern, würde sich jeder nehmen, was er bekommen konnte, würde jeder selbst Sieger sein wollen. Bis schließlich mit dem Morgengrauen die peinliche Ernüchterung einsetzen würde.

Was soll ich sagen, mein König? Ich spielte mit, wo ich nur konnte. Gerade ich habe keine Erniedrigung ausgelassen. Ich war es, der sich keiner Kraftprobe entziehen konnte. Das Schlachtgetümmel betäubte mich, gleichgültig ob Spiel oder Krieg. Es war ein Rausch wider die Vernunft, ohne Sinn, ohne Bewusstsein. Animalisch, triebhaft, und doch wider die Natur, denn kein Tier spielt mit dem eigenen Leben.

Ich sah sie verlieren, die behäbigen, fetten Könige aus dem Norden, zurückgedrängt von den Rittern der Tafelrunde. Warum drängte es mich nun doch auf die Seite der Verlierer? Ich wollte nur der Held sein, der einem Haufen schlaffer, verkümmerter Kämpfer zum Siege verhelfen würde. Ich wollte nicht einer der Sieger sein, ich wollte der Einzige sein! Vielleicht wollte ich auch nur dort kämpfen, wo es noch etwas zu kämpfen gab.

So stieß ich meinem Pferd die Fersen in die Seiten, vernahm noch ein erleichtertes Seufzen Lavaines, als ich lossprengte. Lavaine war voller Kampfeslust, und unverzüglich ritten wir gegen Kay, Gaheris und Agrawain, die wir zwar nicht sogleich aus dem Sattel heben konnten, aber durch die Überraschung unseres Angriffs bedrohlich ins Wanken brachten. Die Ritter der Tafelrunde reagierten schnell und formierten sich neu. Ich wusste genau, was sie tun würden. Ich kannte jede Bewegung, jede Reaktion, jede Geste. Denn ich war einer von ihnen – ich kämpfte gegen mich selbst!

Eine schwer zu ertragende Spannung ließ die Luft vibrieren. Es wurde sehr still um das Turnierfeld herum. Das Spiel war aus. Ich wusste, was nun kommen sollte, würde blutiger Ernst sein. Ich hatte Angst. Zum ersten Mal in meinem Leben spürte ich pure Angst vor einem Kampf. Ich spürte sie in mir hochkriechen, gleichsam mit Genugtuung und Befremden. Ich stand auf diesem Kampfplatz, um der Angst zu begegnen. Die Männer, die mir dort gegenüberstanden, waren ein Teil von mir selbst. Sie bekämpften ihre Angst wie ich die meine. Hatten sie mich erkannt? Nicht mit den Augen.

Es war der letzte Augenblick, der klar und bewusst in meiner Erinnerung blieb. Vom Kampf selbst blieben mir nur Gefühle und Eindrücke. Schemenhaft tauchen Gesichter vor mir auf, bekannte und unbekannte, bleich, erschrocken, verzerrt. Blut und Keuchen, Schaum vor den Mäulern der Pferde, ihre aufgerissenen, weißen Augen, der Geruch von menschlichem und tierischem Schweiß, von Kot und Speichel. Das Klirren der Waffen, das Schlagen auf Schilde, das Splittern der Schäfte, Brechen der Lanzen. Meine Wut, meine Trauer, meine Ohnmacht, meine Angst. Mein gewaltiges Schlagen und mein Zögern, meine Kraft, mein Wille, meine Lähmung. Und dann der Schmerz. Der erlösende, übermächtige, alles beendende Schmerz. Die Ernüchterung, das Schwinden der Sinne, die Flucht.

Ich lag auf dem Boden. Helles Sonnenlicht fiel durch das dichte Blattwerk über mir und blendete meine Augen. Das Gesicht Lavaines tauchte über mir auf, ängstlich, bleich, besorgt. Zieh sie raus, stöhnte ich, bettelte, befahl ich. Zieh sie raus.

Es hatte Abgründe und Ewigkeiten gedauert, bis Lavaine den Mut gefasst hatte, mir die abgebrochene Lanzenspitze aus der Seite zu ziehen. In einem gewaltigen Strahl schoss das Leben aus mir heraus und durchtränkte das fade Laub unter mir. Doch bevor ich zuließ, dass ich in das erlösende Dunkel sänke, bat ich Lavaine, mich fortzubringen von Astolat, bevor sie mich erkennen könnten. Dann war gnädige Stille und Frieden.

Sie sollte nicht für immer währen. Bald riss mich der Schmerz zurück ins Leben, stieß mich hart zurück an jene Grenze, an der Leben und Tod in einem nassen, silbergrauen Strich ineinander verlaufen. Sie hatten mich zurück nach Corbin gebracht, wo sie meinen Tod erwarteten. Auch ich wartete. Spürte Hitze und Krämpfe und sehnte mich danach, auf immer in dieser barmherzigen Benommenheit danniederliegen zu können. Aber immer wieder holte mich der Schmerz zurück und zwang mich, zu leben. Und sie, deren emsige Hände nichts unterließen, den heilsamen Schmerz am Leben zu halten, wachte darüber, dass ich zurückfand.

Wie verwandelt ging ich eines Tages aus dem Schmerz hervor, als würde ich ein neues, ein anderes Leben betreten. Und ich wollte es gut machen.

So nahm ich Elaine zur Frau und bezog endlich den Freudenturm, den du mir gegeben hattest. Schnell konnte ich von dort in Camelot sein, wenn du mich brauchtest. Ich ging Gwenhyfaer aus dem Weg und wurde wieder vertraut mit den Kameraden.

Inzwischen wusste jeder im Land, wer der unbekannte Unglücksritter von Astolat gewesen war. Das einfache Leben, das ich mir gerade zurechtgelegt hatte, war sogleich getrübt von der bitteren Erkenntnis, dass ich einmal mehr hervorgerufen hatte, was ich loszuwerden versuchte. Ich war nun endgültig kein Mensch mehr, jedenfalls nicht das, was wir einen Menschen nennen. Ich war das heroische Abbild eines Ritters, eines Helden. Ein Mythos, ein Gott. Alle Hoffnungen, alle Wünsche wurden zu Lancelot. Jeder Kampf, jeder Sieg war Lancelot. Der Mann aller Frauen war Lancelot.

Sieh, mein König, wie Männer zu Helden werden!

Nur ein mildes Lächeln? So halte noch etwas durch und schenke mir Gehör. Habe ich doch niemals vorher so viele Worte um die Ereignisse in meinem Leben gemacht.

Du, mein König, wirst zumindest als der König eines langen Friedens in den Liedern besungen werden, denn den hatten wir mit dir. Und niemals wird ein Mensch denken, dass du Schuld trügest an den Geschehnissen, die dann eintraten. Aber was, mein König, unterscheidet dich denn von anderen Herrschern?

Du stöhnst auf? Ist es der Schmerz, den dir deine Wunde verursacht, oder sind es meine Worte, welche dir so zusetzen?

Verzeih mir, du sollst dich nicht quälen in deiner Todesstunde. Ich wünsche so sehr, dich in Frieden gehen lassen zu können, und dennoch bin ich es, der dir diesen Frieden nimmt. Es ist einmal mehr der Lancelot, den du kennst: voller Güte im Herzen, und dennoch die gute Tat so gründlich verfehlend!

Lachst du wieder?

Ein grausamer König warst du in der Schlacht. Ich erinnere mich an deine kalten Augen, wenn du unzählige Männer in den Tod schicktest, nur um wenige Fuß an Boden zu gewinnen. Du hast deine Gegner ohne Gnade getötet und du schontest weder deine Ritter noch dich selbst. Dein einziges Ziel war der Sieg; das musste so sein, um das Land vor den einfallenden Horden zu schützen, deren Schiffe zu Hunderten an unseren Küsten landeten, die plünderten, mordeten, Land in Besitz nahmen. Und nichts anderes hattest du vor Augen, wenn du uns und dir selbst im Krieg Unmenschliches abverlangtest.

Nicht so der König in der Zeit des langen Friedens. Deine maßlosen Kräfte ließen das Land erblühen. Du regiertest mit einer Milde, die nicht etwa das Ergebnis sich müde gewüteter Grausamkeit war, sondern du benutztest deine Macht, um Frieden und Wohlergehen zu fördern. Denn wo der Macht die Tugend fehlt, da herrscht Missbrauch. Deine Größe aber ruhte auf sicherem Fundament, und dein Volk wusste, dass du jederzeit für jeden Einzelnen von ihnen kämpfen würdest. Dein Volk umgab dich, als wärest du seine Seele; durch deinen Hauch beherrscht, durch deine Vernunft gelenkt. Wird dieses Volk sich ohne seine Seele nun an seiner eigenen Kraft zerreiben und schließlich zerbrechen?

Deine hohe Stellung war dir nicht von Anbeginn gegeben. Du hattest sie dir erstreiten müssen und schätztest sie wie ein leidenschaftlich umworbenes Weib. Ein hoher Sinn sollte ihr zu eigen sein, und es gelang dir, gelassen und ausgleichend zu sein, wenn auch dein Innerstes alles andere als ausgeglichen war. Aber das wusste vielleicht nur ich. Auf Unrecht und Beleidigungen sahst du ohne Regung herab – ja selbst auf die Entehrung durch deinen ersten Ritter!

Wilder, unerbittlicher Zorn wäre dir eine Schande gewesen. Niemals hättest du dich mit dem auf eine Stufe gestellt, der deinen Zorn herausforderte. Großmütig schenktest du so manchem das Leben, der es verdientermaßen verwirkt hatte, und zeigtest damit, was nur einem Herrschenden möglich ist. Denn das Leben kann selbst einem König entrissen werden, geschenkt werden aber kann es nur einem, der seiner Gnade ausgeliefert ist.

Ich hatte nicht zu hoffen gewagt, noch einmal deine Stimme zu hören. Aber du sprichst zu leise, mein König. Ja, richte dich ein wenig auf, damit ich dich besser verstehen kann.

Ja, ich weiß, wie schwer du an der Bürde trugst, auf höchster Stufe zu stehen und nicht kleiner werden zu können. Aber glaube nicht, mein Freund, dass die Könige dieser Welt tatsächlich die Geschichte der Menschheit schreiben. Vielmehr bricht und spiegelt sich der Lauf der Geschichte in ihnen. Und zu Recht fragst du dich, ob du nur bedeutsamer König warst oder ein bedeutsamer Mensch.

Schließlich aber waren es andere, die den Zorn, den du nicht empfinden konntest, toben ließen und dafür Blut vergossen, das Blut unserer treuesten Gefährten.

Spare dir doch wenigstens diesmal dein zynisches Grinsen, wenn ich mit feuchten Augen und inbrünstigen Worten deine Tugend rühme. Erniedrige nicht mein Gefühl für meine Königstreue, denn sie ist das Einzige, woran ich noch glauben kann. Und ich bitte dich, hinterlasse mir etwas, das dem mir noch verbleibenden Leben Sinn gibt.

Das Große, nämlich der Frieden in unserem Land, konnte nur dadurch erreicht werden, dass man dem Bösartigen zuvor mit bösartigen Mitteln begegnete. Machen wir uns nichts vor, mein König. Auch dazu besaßest du vorzügliche Fähigkeiten. So wollen wir denn nicht von guten und schlechten Menschen, milden und grausamen Herrschern sprechen. Wärest du zu Grausamkeit nicht fähig gewesen, hätte dein Volk nicht nur keinen Frieden gefunden; wir wären dem Untergang geweiht gewesen. Und ist es das, mein König, womit du ein Leben lang rangest? Mit diesen zwei Seelen in der gleichen Brust? Hättest du sie nicht, hättest du nicht tun können, was du tatest. Da du sie aber hast, quält sich die gute Seele mit der schlechten. Doch wer Krieg führt, mein König, ist immer im Unrecht. Ein König kann kein guter Mensch sein.

Wie ich dir schon sagte: Das Universum kennt nicht Gut und Böse. Und auch du hast nur getan, was deine Aufgabe war.

Es sind die Worte, mit denen du jetzt gehen könntest. Ich spüre, wie deine Hand, die noch eben zuvor die meine begütigend drückte, erschlafft und sich deine Züge entspannen. Doch lass mich noch ein wenig mehr zu deiner Seelenlage sagen. Es gibt noch manches, das ich, der Ruhclose, der Versagende, dir mit auf den Weg geben will, in der Hoffnung, dass es dich mit dir selbst versöhnt.

Hast du je daran gedacht, dass nur ein im Innersten aufgewühlter Geist etwas wahrhaft Großartiges vollbringen kann? Sind dir dreißig Jahre Frieden in diesen Zeiten nicht großartig genug? Nur ein Mensch, der sich befreit von Gewohnheiten und Alltäglichem, der sich für eine Idee begeistert emporschwingt, kann die

Sterne erreichen. Solange er aber nur bei sich ist, wird er nichts vollbringen, das größer ist als er selbst.

Du wandeltest von Anbeginn deines Lebens zwischen den Sternen und konntest mit Gleichmut auf all jene hinabblicken, die mit Eifer ein Leben lang Gut und Habe zusammentrieben. Du gehörtest zu den wenigen, die silberne Becher wie Tongeschirr benutzten und irdene Schalen wie kostbares Glas. Dein Sinn war nur auf das gerichtet, das wirklich von Bedeutung war.

Es kam der Tag, an dem die Front, die ich mühsam zu stützen versucht hatte, erneut einbrach. Denn auch das war eine Ursache meiner ständigen Unruhe: dass ich mich gezwungen sah, mich immerfort prächtig in Gestalt zu bringen, um die Menschen zu blenden und niemandem mein wahres Gesicht zu zeigen. Es plagte mich, dass ich mir ständig selbst auflauerte und fürchten musste, ohne die Rüstung des Lancelot überrascht zu werden. Einzig Elaine hatte liebend mein schwankendes Gemüt umsorgt... Aber dann hauchte sie ihr liebes Leben aus bei der Geburt unseres Sohnes.

Ich armer Tor hatte mich so blind in Sicherheit gewiegt, als könne nichts mehr das Leben bewegen und Veränderungen bringen.

58

Ich hatte nicht die Gabe, mich meinem Schicksal von Anbeginn verbunden zu fühlen, wohl aber die Möglichkeit dazu, das zu erreichen. Doch wie viele Möglichkeiten habe ich nicht genutzt? Ich hätte genügend Geisteskraft gewinnen können, um auf alles vorbereitet zu sein. Aber grausam treibt das Schicksal sein Spiel mit uns. Sind wir feige und verstecken uns, wird es uns nicht verschonen. - Ja, wir werden umso mehr geschlagen werden. Stellen wir uns aber dem, was es uns aufzubürden gedenkt, lässt es uns länger am Leben und wir dürfen leichter sterben.

Was aber, wenn uns das Leben selbst wie ein langer, nicht enden wollender Todeskampf erscheint?

Vielleicht war es meine größte Sünde, diesen Sohn, dieses reine, unverdorbene Geschöpf, niemals lieben zu können. Denn durch ihn wurde mir alles genommen, auf das ich meine Welt stützen konnte.

Ich bettete Elaine in eine schwarze Barke und ließ sie den Glein hinunter aufs offene Meer zutreiben. Bis hin zur Mündung ritt ich neben ihr, begleitete ihre stille Fahrt, vorbei an Camelot, wo sie neugierig auf den Zinnen standen. Ich sah auch Gwenhyfaer dort stehen und zog in erbitterter Genugtuung vorüber.

Danach kehrte ich nicht mehr in den Freudenturm zurück. Und für die folgenden drei Jahre sollte ich auch Camelot nicht wieder sehen. Was habe ich getan? Es war die Zeit, in der alle glaubten, Lancelot, der großartige Ritter, sei dem Wahnsinn verfallen. Und ist es etwa nicht wahnsinnig, wenn einer, der alles haben kann und dessen Schönheit die Welt blendet, sich in einen Winkel des endlosen Waldes zurückzieht, auf dass niemand seiner ansichtig werde, und er auf Rausch und Habe verzichte? Ist es nicht unverschämt und undankbar, sich der lüsternen Betrachtung der einfachen Geschöpfe, mir in Verehrung zu Füßen liegend, zu entziehen?

Dies, mein König, begehrtest du immer von mir zu wissen. So sollst auch du noch eine Antwort bekommen.

Höre nicht auf das Klagen des Wolfes. Es wird Nacht. Wen kümmert das schon?

Ich war ja nicht allein. Bei einem zurückgezogen lebenden Mönch war ich untergekommen, einem Einsiedler. Wir sprachen nur selten, und es war mir recht. Seit damals weiß ich, mein König, wie viele überflüssige Worte wir machen. Worte, die zu erklären versuchen, was die Seele längst verstanden hat. Worte, die

60

nach Entschuldigungen suchen, verteidigen wollen. Und schließlich jene Worte, die dahinplätschern wie muntere Bächlein und irgendwo in die Tiefe stürzen, ohne auch nur irgendetwas abgelagert zu haben, weder Schlamm noch Stein, und schon gar kein Gold. Nutzlos, vergeudet, überflüssig. Allein unsere Seelen begegnen einander unmittelbar und sind fähig, die Wahrheiten zu erkennen.

Wo du hingehst, lieber Freund, wird es keine Worte geben. Und wo ich hingehe, werde ich ihrer nicht mehr bedürfen.

Erinnerst du dich an die Augenblicke völliger Stille? Wenn wir gemeinsam auf die Jagd gingen und die Nächte durchwachend in den Wäldern verbrachten, war sie manchmal gegenwärtig. Nicht der Gesang der Nachtigall, nicht das Rascheln des hungrigen Dachses im trockenen Laub durchbrach ihre dünne Haut. Über uns ein schützendes Dach aus dichten Blättern, umgeben von den Mauern der Weisheit uralter Stämme. Unter uns die sichere, feuchte Erde, dampfend und lebendig. In völliger Stille und Dunkelheit konnten wir des Lichtes in uns gewahr werden und darauf vertrauen lernen, dass es niemals ausgelöscht sein wird.

Ich aß die Früchte des Waldes und trank das Wasser einer nahe gelegenen Quelle. In den Wintern hungerten wir monatelang, wenn nicht einer der Mönche aus dem zwei Tagesmärsche entfernten Kloster gelegentlich einen Laib Brot, etwas Käse oder sogar Wein brachte. Wir wärmten unsere vor Kälte steifen Glieder am nie erlöschenden Feuer und sprachen kein Wort. Irgendwann stellte ich fest, dass auch in meinen Gedanken keine Wörter mehr vorhanden waren. Die Empfindungen, die ich zu unterscheiden lernte, waren weitaus vielfältiger als Worte. Glaube mir, es gibt hundert Unterscheidungen von heiß und kalt, aber nur diese zwei Wörter. Es gibt tausend Eindrücke vom Sterben, aber nur das eine Wort: Tod.

Es geschah eines Tages im Frühling, als ich unvorsichtig durch den Wald streifte und von einem Keiler angegriffen wurde, der mir seine Hauer in den Schenkel rammte. Ich hatte nur meinen Dolch bei mir und kämpfte mit aller Kraft aus animalischer Angst und in Wogen der Verzweiflung um mein Leben. Ich traf schließlich die pulsierende Ader am Hals des Tieres, rammte dann das Messer in seine Brust, während es schon zusammensackte. Mit dem blutigen Herzen des Tieres in den Händen schleppte ich mich zurück zur

Einsiedelei, wo der Mönch meine Wunde versorgte, das Herz kochte und mir zu essen gab.

Einer der Klostermönche war damals zugegen, um Brot und Wein zu bringen. Und vielleicht war er es, der beizeiten der Versuchung erlag, die Regeln der Schweigsamkeit seiner Bruderschaft zu durchbrechen und zu tratschen wie ein altes Weib. Womöglich erzählte er von dem Sonderling im Wald, der, umflort von seinem wilden, schwarzen Haarwuchs, keine Wörter zum Sprechen mehr finden konnte. Von dem Wahnsinnigen, der nur mit einem Dolch bewaffnet einen Keiler erlegte und brüllend vor Schmerz dessen Herz aß. Ein Verrückter eben, aber ein Held. Passte das nicht zu eurem Verlorengeglaubten?

Aber noch wusste ich damals nicht, dass ich der Legende abermals Nahrung verschafft hatte, obgleich ich mich am entlegensten Ort des ganzen Königreiches befand. Und es hatte auch niemand gewagt, nach mir zu suchen.

Eines Morgens, ich war noch halb im Schlaf, vernahm ich die Jagdhörner der königlichen Gefolgschaft. Etwas erwachte in mir; ich spürte mein Herz hart gegen die Brust schlagen und glaubte, ich hätte Fieber. Es war die Lust, etwas zu töten. Ich fühlte mich eins mit dem Eber, dessen Herz ich gegessen hatte, glaubte mich gegen die Eindringlinge verteidigen zu müssen. Doch dann rief mich eine andere, eine menschliche Stimme. Ich wollte sie nicht vertreiben. Nein, ich sehnte mich danach, wieder zu ihnen zu gehören.

Ich ließ mir Bart und Haar scheren. Ich wusch mich mit frischem Quellwasser rein. Ich nahm meine alten Kleider und kehrte zu euch zurück.

Es folgten viele ruhige, ich möchte sagen, friedliche Jahre, aber der Frieden ist nicht immer das, was er zu sein scheint.

Was soll ich sagen, mein König? War ich anfangs, nach meiner Zeit im Wald, noch gleichgültig deiner Königin gegenüber, wurde doch mit den Jahren eine liebe Gewohnheit daraus, ein heimliches Stelldichein nach dem anderen mit ihr zu zelebrieren. Und waren wir zunächst noch stolz, ein großes und gefährliches Geheimnis zu hüten, glitten wir bald in die träge Gewohnheit einer fast normalen Ehe, in der sich Mann und Frau nicht mehr öffentlich zueinander bekennen mögen, weil des Weibes Wangen schlaff und ihre Stimme schrill geworden sind und die üppige Fülle des Mannes Bauch ihm lustlos über dem Gürtel hängt.

Dann teilt man nur noch die Dunkelheit und die Abgeschiedenheit des Schlafgemachs. Und nichts anderes taten wir. Deine Königin und ich. Wohl wusste ich um die zahllosen, weißhäutigen Frauenleiber, die deine Laken zierten. Dieser Umstand erleichterte mein Gewissen.

Wenn du jetzt stirbst, mein König, wird dieses anzügliche Lächeln unauslöschlich in deinem Gesicht bleiben.

Was wir im Leben für Beständigkeit halten, ist doch nichts anderes als Gewohnheit. Der tägliche Umgang mit schlechten Dingen lässt sie uns ebenso lieb gewinnen wie die guten. Wir täuschen uns, wenn wir glauben, wir würden unserem Willen folgen, und wir haben die vermeintliche Sicherheit nicht etwa unserer Stärke, sondern unserer Trägheit zu verdanken. Uns bannte die Gewohnheit in einen den Verstand lähmenden Zustand, in dem man sich weder für das Rechte noch für das Schlechte gänzlich entscheiden mochte.

Was am Hofe zu gären begann, wohin uns diese Entwicklung trieb – ich spürte es nur zu deutlich an mir selbst. Wir taten nicht, wozu es uns trieb, und vermochten dennoch unsere Leidenschaften nicht zu zügeln. Fast unmerklich schlich sich jene geistige Unruhe ein, in der sich alle guten und schlechten Kräfte gegeneinander zu richten beginnen.

Tatenloser Müßiggang vergiftet des Menschen Verbindung mit seinesgleichen und zu Gott. Und Menschen, die sich selbst nicht zur Geltung bringen können, wünschen allen den Untergang.

Es war die Zeit, als das Reich langsam und unmerklich zu bröckeln begann wie eine modrige Mauer. Camelot bebte leise ...

Mordreds Zeit war gekommen. Ich sah den Himmel sich verdüstern und wusste endlich, worauf ich gewartet hatte.

Noch schlaftrunken stand ich eines Morgens an meinem Fenster und blinzelte in die erwachende Frühlingssonne. Ich sah einen Reiter sich der Burg nähern. In gemächlichem Trab schien er keine Eile zu haben, kam langsam, aber zielstrebig und sicher heran. Niemand, der um Einlass bittet, sondern einer, der weiß, ihm wird aufgetan. Keiner, den man gern empfängt, aber jemand, den man nicht abweisen wird. Einer, dem man etwas schuldig ist, obgleich man nicht weiß, was es sein könnte. Einer, dem man Platz macht, wenn er sich ausbreitet. Man hat ihm gegenüber eine Pflicht zu erfüllen. Aber welche?

Das ist der Tribut, den wir an das Schicksal zu entrichten haben. Der Tod klopft an unsere Tür und wir öffnen ergeben, denn wir wissen, uns bleibt keine Wahl.

Da ich davon spreche, mein König: Wie lange noch willst du dich gegen diese Tür stemmen? Überall um uns herum haben sich schwarze Krähen niedergelassen. Sei ohne Sorge, ich werde sie nicht einmal in deine Nähe lassen. Es ist hart, dich zu verlieren. Noch heute werde ich ohne dich zu leben beginnen. Auch darauf wurde ich nicht vorbereitet.

Du stirbst, wie ein König sterben sollte. Ein langer, qualvoller Abgang. Eine lange Zeremonie, in der du bis jetzt deine Haltung nicht verloren hast. Würdest du mich doch nur einen Augenblick hinter dein zynisches Lächeln blicken lassen! Aber ich weiß, du wirst es noch im Tode tragen. Spürst du Schmerzen?

Deine Antwort ist leise, ein Hauch. Du spürst nichts als Bedauern? Ein unendliches, qualvolles Bedauern. Eine große Leere ohne Antworten.

Womöglich ist es doch besser, auf dem Strohsack an der Ruhr zu sterben und einigermaßen zufrieden auf

Tausende von Tagen zurückzublicken, an denen man das Feld bestellte und das Vieh versorgte.

Mordred. Schwarz wie sein Rappen waren seine Rüstung und sein Haar. Ich kleidete mich hastig an und eilte hinunter in den Hof, um ihn aus der Nähe zu sehen. Er war mehr als ein weiterer Ankömmling, der dem König dienen und für ihn kämpfen wollte. Er musste sich keinen Platz an der Tafelrunde verdienen – er besaß bereits einen.

Trotz der bedrohlichen Düsternis, die ihn umgab, war er jung und hatte freundliche, dunkle Augen. Doch wie entsetzt prallte ich zurück, als ich sein Lächeln sah. Ich kannte dieses Lächeln aus einem anderen Gesicht, in dem ich diesen selbstverachtenden Zynismus liebte. In seinen Zügen aber war es der Hohn auf eben dieses Lächeln. In diesem Augenblick, mein Freund, habe ich die Wahrheit gewusst. Mordred war dein Sohn.

Mit aller Sprachlosigkeit dieser Erkenntnis starrte ich in sein Gesicht, bis ich verschämt bemerkte, dass er mein Starren erwiderte. Ich spürte mich unter seinem Blick erröten und war voller Zorn darüber, dass er es vermochte, mich schon in diesem ersten Augenblick in die Enge zu treiben. Ich erkannte, wie sehr meine Seele einem Haufen Gänsefedern glich. Einer wie er vermochte hineinzublasen, und schon musste ich laufen und einsammeln gehen.

Mordred. Ich spürte ihn allgegenwärtig und bekam doch selten sein Gesicht zu sehen. Ich sah ihn Spuren hinterlassen und hörte seine Schritte im hohl klingenden Gemäuer - und erblickte doch selten seine Gestalt. Ich hörte sein wohl tönendes Gelächter, seine eindringliche Stimme im Gespräch mit dir, und doch sprach selten jemand seinen Namen aus. Ahnten sie denn, wessen Vaters Sohn er war? Wussten sie, dass er das unglückselige Produkt einer inzestuösen Nacht seiner Mutter mit dem eigenen Neffen war?

Jetzt erst begreife ich, mein Freund, in wessen Schatten du dein Leben verbrachtest. Du verharrtest im Schatten von Morgauses Macht wie eine Maus in der Nähe der Schlange und hofftest dem lähmenden Biss zu entkommen. Ich sah deinen Blick in seine Augen gesenkt erstarren. Und ich sah deine Arme auf seinen Schultern erschlaffen. Du hattest dich ergeben und in die Rolle des Opfers gefügt. Ich spürte die Wut, die du nicht empfinden wolltest. Sag mir, mein Freund, war es Weisheit, die dich lenkte, oder war es einfach nur das, was ich darin sah? Schwäche.

So sanft, mein König, sah ich dich nie lächeln.

Auch, wenn ich dich vermutlich um einige Zeit überleben werde – die Zeit wird mir nicht reichen, zu begreifen, warum du Mordred gewähren ließest.

Mordred. Ich hatte Mühe, ihm täglich meine Macht und meine Überlegenheit zu demonstrieren, ohne jemals gegen ihn zu kämpfen. Denn Mordred war zu schlau, mit dem Schwert gegen mich anzutreten. Er wusste genau, wo ich verwundbar war. Die Macht des Bösen ist stärker als ein gutes Herz, zu dem ein schwacher Geist gehört.

Welche Fähigkeiten muss ein Mensch haben, um zu zerteilen, was keine Klinge je durchtrennt hätte? Was Mordred anging, mussten sich wohl alle Eigenschaften deines Erbes ins Gegenteil verkehrt haben. Die zarte Blüte deiner Geduld war in ihm zu empfindungsloser Ausdauer geworden. Sein kaltes Blut hatte deinen glühenden Ehrgeiz in rohen Eifer verwandelt. Doch was war es, das ihn antrieb?

War es Neid, der das Banner unserer Gemeinschaft wie ein Schwarm Motten zerfraß? Konnte sein Zorn bewirken, dass unsere Geschlossenheit wie der Schaft einer Lanze zersplitterte?

Vielleicht war es doch nur seine tief empfundene Trauer, die wie Säure unser Füreinander zersetzte.

Denn was alles muss dieser Mensch in seinem Herzen getragen haben? Von seinem Vater unbeachtet und verleugnet, von seiner Mutter benutzt wie ein vergifteter Pfeil, musste er wohl etwas tun, das noch erbärmlicher war als er selbst.

Der Mensch, der Zwietracht sät, ist wohl nicht selbst gespalten. Vielmehr ist er zu Hause in zwei Welten, die er sich selbst geschaffen hat. Und während er die Menschen in das eine und das andere Lager teilt, geht er selbst doch leicht von einem in das andere und fühlt sich zugehörig hier wie da. Deshalb ist er auch angenehm für die einen wie für die anderen. Man plaudert gern mit ihm, vertraut ihm schließlich seine Gedanken an, denn bei niemandem sonst scheinen sie so gut verwahrt. Er selbst sammelt und beobachtet, bis sein Inneres angefüllt ist wie eine Kornkammer für den Winter. Sie werden zu ihm kommen, wenn sie hungrig sind und frieren. Da er aber im Herzen nicht edelmütig ist, spürt er seine Macht wie eine giftige Natter in sich hoch kriechen und beginnt sich daran zu ergötzen, alles um sich herum zu vergiften.

Warum ich? Was hatte ich ihm getan, dass er mich für seinen finsteren Plan erwählte? Und was hatte ich unterlassen zu tun, dass er mich wie eine Axt in die Mitte der Tafelrunde zu rammen vermochte? Und nicht nur sie hat er mit mir als seinem vernichtenden Werkzeug gespalten. Wenn ich aufblicke, mein König, meine ich schon zu sehen, wie die Menschen, die dein Reich bevölkern, wie Zirruswolken in alle Richtungen davonziehen und Platz machen für ein neues Strahlen. Während dein Tag am Verdämmern ist, wartet hinter dem Horizont bereits ein neuer Morgen. Der Lauf des Lebens kann ebenso gnadenlos wie tröstlich sein. Tragisch für einen wie mich, der ich alt bin nicht an Jahren, sondern an meinem zerschlissenen Herzen, und nichts mehr wünsche, als durch einen friedlichen Abend mit ruhenden Händen in die Nacht hinüberzugleiten. Tröstlich für jene, die noch die Kraft zu neuen Anfängen in sich tragen.
Ich will niemanden mehr gehen sehen, ich will niemals mehr Abschied nehmen. Und jeder, der mich noch verlässt, wird etwas von mir mitnehmen, bis

nichts mehr bleibt von mir. Nichts gibt mir mehr Ruhe als die Gewissheit, dass ich dir eines Tages, der gar nicht allzu fern liegt, folgen werde. Wir werden uns wieder sehen. Ja, wir sehen uns wieder.

Ich schweife gern ab, um dieses letzte dunkle Kapitel zu umgehen. Und doch muss es gesagt werden, muss ich von dem Unheil berichten, das Mordred über uns brachte.

Ich erinnere mich genau an den Schmerz, den ich empfand, als die Söhne der Orkneys begannen, mir mit Kälte zu begegnen. Wie ein Stoß mit dem Schwert durchzuckte es meine Brust, wenn Gawain deinem Sohn mit warmherzigem Lächeln auf die Schulter schlug, wenn Gareth in verschwörerischer Gemein- schaft mit ihm nach den jungen Damen schielte, wenn Agrawain gemeinsam mit ihm zur Jagd ritt. Doch nichts war schlimmer zu ertragen als die erbarmungs- lose Zerrissenheit des jungen Gaheris, der Mordred voller Bewunderung umkreiste wie ein die Gefahr nicht ahnender Nachtfalter das Licht einer Kerzen- flamme und mir dabei ängstliche, Verzeihung hei- schende Blicke zuwarf.

Nichts ist trauriger anzusehen, als wenn all die guten, reinen Kräfte eines jungen Menschen, sein naives

Vertrauen in die Welt, von unheilvoller Macht missbraucht werden. Gaheris begann mich zu meiden, weil er sein schlechtes Gewissen nicht ertrug. Später, glaube ich, hat er mich gehasst.

Dank Mordred hatten sie ihn endlich gefunden, den Makel des unübertrefflichen Helden, des glanzvollen Ritters. Er musste mir des Nachts nachgeschlichen sein, wenn es mich zu deiner Königin trieb. Wenn mich w a s trieb?

Schon längst war ich mir nicht mehr im Klaren, ob sich unter meinem feinen Mantel edelster Zuneigung nicht eine wollene Hose niedrigster Begierde verbarg. Und wenn? Ist der von Lust und Begehren beherrschte Mensch weniger wahrhaftig als jener, der sich vor lauter Edelmut nicht am eigenen Hintern kratzt?

So begingen sie also die Tat, die das Ende unserer Zeit einläutete, lauerten mir auf, während ich in ihrem Bette lag, ihr warmer Leib unter meinem. Und damit war es nicht genug. Mordred trieb sie an, das Gemach zu stürmen und den Helden in einem seiner schwächsten Zustände zu stellen. Wie konnte er das tun, ohne dass einer dieser kühnen Recken sich verweigerte, gegen sein Vorhaben aufbegehrte? Tapfere, edelmütige junge Männer und ehrenwerte Ritter wie

Bedwyr und Bors. Sie brachen die Tür auf und rechneten nicht mit dem, was dann geschah.

Was ist verletzbarer als ein entblößter Mann im Liebestaumel? Und was ist gefährlicher und unberechenbarer als ein solcher? Ich sprang auf und griff nach meinem Schwert. Was dann geschah, lief nach demselben Muster ab wie auf dem Schlachtfeld. Ich sah nicht, wonach ich schlug. Ich tötete, wie ich es gelernt hatte.

Ich tötete Agrawain, ich tötete Gareth und Gaheris und noch so manchen unserer edelsten Freunde.

Bis hierhin war ich meinen Weg gegangen, war gestolpert über missbrauchte Liebe und verunglückte Freundschaft. Mit aufgeschürften Knien, zuweilen mit blutender Stirn, richtete ich mich doch immer wieder auf, ließ mich leiten von den Sternen jener Zeit. Doch von diesem Augenblick an wurde ich nur noch mitgerissen wie ein verirrter Komet im Strudel des Universums. Denn so geschieht es denen, die sich beharrlich weigern, sich ihrem Schicksal zu stellen.

Irgendwie gelangte ich in jener Nacht zum Freudenturm. Jemand war an meiner Seite. Ja, mein König, nun kannst du nicht umhin, noch einmal ein zynisches Lächeln in diese Welt zu schicken. Ich weiß wohl, dass du es warst, der dafür gesorgt hat, dass ich entkommen konnte.

Und Mordred? Mordred, dieser listige Hund, war schlau genug, sich in dieser verhängnisvollen Nacht nicht zu zeigen. Niemand konnte sich erinnern, ihn gesehen zu haben, nicht in der Nacht, nicht an den Tagen, die folgten.

Ich wartete. Und mit mir mein Halbbruder Ector; der, den du zu meinem Fluchthelfer bestellt hattest, ausgerechnet. So selbstverständlich war er all die Jahre an meiner Seite gewesen, dass ich ihn kaum bemerkt hatte. So selbstverständlich war er jetzt an meiner Seite, dass ich staunte. Ja, mehr noch, ich begriff, dass er mir Zeit meines Lebens wie ein unsichtbarer Geist vorangegangen war. Er hatte die Steine aus dem Weg geräumt, die mich am nächsten Schritt gehindert hätten, und hinter mir hatte er ebenso still aufgeräumt, was ich verwüstet zurückzulassen pflegte.

Was hatte Ector für den Verlauf meines Lebens bedeutet?

Ich sollte lange Gelegenheit bekommen, mir Fragen solcher Art zu stellen und gequält nach den Antworten zu suchen. Ich hatte eine Delegation – was sage ich, ein ganzes Heer – erwartet, das mich zurückholen würde, auf das ich für meine Tat verurteilt werde. Aber es blieb still. Still.

Der Einzige, der in seinem furchtbaren Schmerz Rache an mir nehmen wollte, war Gawain. Ihr habt ihn mit allen Kräften zurückgehalten, bis sein Haar in unstillbarer Trauer grau war. Vergebens hatte er getobt und geschrien und Rache geschworen dem, der sein innigster Freund gewesen war. Und landauf, landab ging die Mär, dass er vor Lancelots Burg gezogen und den Mörder seiner Brüder zum Kampf heraus gefordert hätte. Ich hatte erst gehofft, dann gewünscht und schließlich schmerzlich ersehnt, dass er kommen und mich richten würde. Aber Gawain ist niemals gekommen. Alles blieb still. Still.

Monate verstrichen, es wurde Herbst. Ich blieb mit Ector allein, der wie kein Zweiter wusste, fühlte, was in mir vorging. Ector wusste um die Not, als Bastard am Hofe seines Vaterkönigs aufzuwachsen und, von dessen legitimen Söhnen schikaniert, dabei seiner Jugend, seiner Ehre und seines Glaubens beraubt zu werden. Und er wusste um den Verrat der Mütter, die ihre Söhne fremder Erde überließen und Helden zurückerwarteten.

Lange Abende saßen wir gemeinsam am Feuer, das in meiner leeren Halle brannte, in der niemals ein Fest stattgefunden hatte. Unsere Worte waren bald verbraucht, und wir schickten Gedanken auf die Reise, die manchmal beim anderen ankamen, manchmal aber auch den Weg zu fernen Erinnerungen antraten, wo sie wie ein Windhauch die Menschen streiften, denen wir begegnet waren, die wir geliebt hatten. Sie werden ihn gespürt haben, sie werden gefröstelt und erstaunt aufgeblickt haben, und der eine oder andere hat einen Gedanken zurückgeschickt, zu uns, die wir schweigend am Feuer saßen und die Zeiten sich begegnen ließen.

Noch vor dem Winter bat ich Ector darum, mich zu verlassen und nach Camelot zurückzukehren. Ich sah ihn ziehen mit seinem bleiernen Herzen und blieb fortan allein mit dem greisen Knecht und der stummen Magd, der ich des Nachts zuweilen unter die Decke kroch, um mich an ihre weichen Rundungen zu schmiegen, wo ich Wärme fand, aber niemals Trost.

Der Frühling kam und es folgte der Sommer, wieder ein Herbst und noch ein Winter, es verging ein Jahr, es vergingen zwei. So vergingen Jahre. Um meine wortlosen Lippen gruben sich Furchen tief wie Wehrgräben, und meine Augen wurden müde vom aussichtslosen Starren.

Und dann eines Tages wusste ich wieder, worauf ich gewartet hatte. Es war eines jener Ereignisse, von denen wir denken, dass wir sie schon einmal erlebt hätten. Und in der Tat konnte ich mich für einen hoffnungsvollen Augenblick der Vorstellung hingeben, die Sterne noch einmal neu ordnen zu können.

Es war nicht Mordred, dessen Konturen sich aus dem morgendlichen Dunst schälten wie eine Statue aus dem Marmorblock unter der Hand des Meisters. Mordred, den damals ich selbst als erster kommen gesehen hatte. Mordred, der sich wie schwerer Nebel auf unsere Glieder senkte, feucht und kalt in unsere Knochen drang. Es war ein anderer, der damals hätte kommen sollen, und nun stand er auf meiner Schwelle, Jahre zu spät.

Es war der Sohn, den ich nicht lieben konnte, jener, dessen Geburt das einzige Leben ausgelöscht hatte, an dem ich jemals Halt gefunden hatte. Galahad war fünfzehn Jahre alt, hatte seine Waffen empfangen und sich auf den Weg zu dem gemacht, der ihn zum Ritter schlagen sollte: seinem Vater, dem größten aller Helden. Noch niemals war mir ein Wesen wie er begegnet. Meine Arme umfingen ihn, ohne ihn an mich zu drücken, als könnte ich ihn beschmutzen. Mein Blick ruhte ehrfurchtsvoll auf seinem Antlitz wie auf einem geschliffenen Edelstein. Er war wie ein Sommertag bei Sonnenaufgang, der sich wünscht, die Zeit würde stehen bleiben, damit die Hitze der Sonne die Blätter nicht welken ließe und der Staub die Leuchtkraft der Farben nicht mindern könnte. Aber so ist das Leben nicht, mein König. Es schreitet unaufhaltsam voran, es beschmutzt uns, es verletzt uns, es macht uns böse, wenn wir nicht die Kraft finden, uns immer wieder selbst zu heilen.

Galahad blieb rein und unversehrt, weil er nicht den Mut hatte, allzu weit auf seinem Weg zu gehen. Und so sage ich es gleich, dass er es vorzog, jung zu sterben, noch bevor er etwas tun konnte, wofür er sich selbst hassen würde. Von seinem Glanz, seiner frühen Weisheit, hat er nichts auf dieser Welt zurückgelassen. Eigennützig hat er alles für sich behalten, alles mit sich genommen. Galahad, mein König, suchte die Erkenntnis durch Reinheit, während ich sie Zeit meines Lebens im Dreck gesucht habe, ja mich nicht scheute, mich selbst zu besudeln.

Galahad war einer von jenen, die ihre Waffen nur zu dem Zweck trugen, Gott zu verteidigen. Wie vermessen, das gute Herz! Gott braucht unsere Fürsprache nicht. Gott braucht uns nicht.

Galahad ging von dieser Welt und nahm seine Erkenntnis mit. Er liebte mich nicht und er hasste mich nicht...

Mordred aber hat seinen Vater zur Legende gemacht. Wenn ich ehrlich bin, mein König, berührte mich Mordreds Verderbtheit mehr als Galahads Reinheit. Ich bin ein schlechter Mensch.

Mein schöner Sohn. Hatte ihn doch bereits der Umstand seiner Geburt dieser Welt entrückt. So wurde der niemals Angekommene den Nonnen im nahen Frauenkloster von Corbin übergeben statt seinem Vater. Denn der greise König Pelles hatte den wankelmütigen Gatten seiner einzigen Tochter stets mit Argwohn beäugt wie eine alte Eule einen angeschossenen Hasen – nicht wissend, ob er zum Spiel oder Schlagen geeignet sei.

Mein schöner Sohn, der hinauszog auf den Acker, den er „die Welt" nannte, um das Böse zu besiegen, das er niemals kennen gelernt hatte. Und so starb er auch durch die Lanze des Erstbesten, Namenlosen, Unbedeutsamen, der nicht einmal ahnte, in welch geistige Unversehrtheit er seine Waffe stieß, während Galahads Lippen lautlos Worte formten, die das Unbegreifliche zu beschreiben versuchten. So schnell vorbei? So wenig gelebt?

Und ist es nicht immer so gewesen, dass Menschen andere Menschen töten, unwissend, welcher Geschichte Faden sie durchtrennen? Aber Galahad, mein Sohn, er wusste doch nicht einmal, was ihm geschah. Er hatte nicht einmal das Böse gefunden, das er zu besiegen wünschte, denn der ihn tötete, war nur ein Mensch.

Ich frage dich, mein König, was macht denn die Unschuld eines Kindes aus? Es ist ja nicht so, dass Kinder nichts Schlechtes tun, doch dass sie es in Unwissenheit tun, erhält die Reinheit ihres Geistes. Kann folglich ein Mensch, der Erkenntnis erlangt hat, im Innersten rein und unschuldig sein?

Galahad hat an einen Gott geglaubt, dem er seine Reinheit bewahrte und seine Erkenntnis opferte. Was für ein Gott, der seine Kinder im Dreck aussetzt und verlangt, dass sie sauber bleiben!

Wenn ich auch an allem zweifle und an vielem verzweifelte, habe ich dennoch eine Gewissheit: Ich werde auch mit dem Blut, das an meinen Händen klebt, empfangen werden!

Und gleichsam erkenne ich eines begreifend und staunend zugleich: Alle Leidenschaft hat sich auf wunderbare Weise beruhigt. Der Krieger in mir ist keinesfalls gestorben, doch es ist etwas wie – ich möchte sagen – Weisheit hinzugekommen. Und sind nicht die Götter des Krieges, die wir kennen, zugleich auch Finder und Behüter der Weisheit? Gedenke nur der alten Athene, von der uns gelehrt wurde: Sie war stets unabdingbar auf den Sieg bedacht und doch weise wie die alte Eule auf ihrer Schulter. Und denke nur an den Gott unserer ärgsten Feinde und Bedränger, der gar ein Auge für seine Erkenntnis opferte.

Nur ein Gedanke bereitet mir Sorge: Was hat denn die Wogen meiner Leidenschaften geglättet? Ist es nur das Alter, das mit lauem Luftstrom über sie hinweg blies, stets milde aber beharrlich? Oder heilend, als würde eine Mutter über die Wunde ihres Kindes blasen, solange, bis diese trocknet und verkrustet, eine Narbe zurücklassend, die an etwas erinnert. Aber woran? Ist es gar Resignation, die uns müde und träge werden lässt, alles vergessend, ruhig, aber das größte Unglück im Herzen tragend, das es auf dieser Welt gibt? Dies, mein König, wäre die letzte und vollständigste Niederlage.

Alle Leidenschaften sind nichts als lodernde Feuer. Aber wenn wir unsere Sache gut machen, brennen sie mit ruhiger Flamme herunter und hinterlassen eine Glut. Immer noch gefährlich, jederzeit von neuem entflammbar, jetzt jedoch einzig durch unseren Willen. Das Alter ist nicht ruhig, mein König. Das Alter ist unbarmherziges Wüten. Es lehnt sich auf gegen die Verluste, gegen die Abschiede, gegen die nicht begangenen Taten. Wirklich ruhig werden sollten wir wirklich erst ganz am Ende. Dann ist es Zeit, sich zu versöhnen, zu gehen und gehen zu lassen.

Wer wahre Schuld trägt, mein König, mag lange Zeit gelähmt sein. Dann aber folgt die reinigende Wut. Wer aber nur meint, schuldig zu sein, ist ein Leben lang gelähmt. Nichts und niemand wird ihn befreien, wenn er sich selbst nicht befreit.

Wer hat dich zum Schuldigen gemacht? Morgause? Mordred? Oder letztendlich doch nur du selbst?

Du ließest Mordred gewähren, Tag für Tag, und konntest dem giftigen Biss nicht entkommen. Du ließest ihn seine Intrigen spinnen, er fing dich und er verriet dich, er schmeichelte dir und bat dich tränenreich um Verzeihung, wenn dein maßregelnder Zorn sich Bahn brach. Dann fühltest du dich dreifach schuldig und ließest ihn dreifach gewähren.

Es war ja auch nicht so, dass Mordred ein unangenehmer Mensch war. Im Gegenteil, er war freundlich und geistreich, ja schließlich entdecktest du gar ein politisches Gespür und diplomatisches Geschick an ihm. Ich weiß wohl, du hofftest noch immer auf einen würdigen Nachfolger und warst bereit, ihm seinen Jähzorn und seine immer häufiger auftretenden Querelen nachzusehen. Warst du nicht misstrauisch, als er sich mit unserem alten Erzfeind Melgwyn verbündete? Oder war dir da bereits alles entglitten?

Ich bin überrascht, mein König. Du schlägst die Augen auf und dein Blick ist sonderbar klar. Es ist Nacht geworden, ohne dass ich es bemerkt hätte. So weit entfernt war ich von diesem Tag. Um uns herum haben sie Fackeln aufgestellt. In der Dunkelheit dahinter erkenne ich die Schatten derer, die diese letzte Schlacht für dich gekämpft haben und noch am Leben sind.

Sie allein wäre klug und weit blickend genug gewesen, um dich sehen zu machen. Ein dicker Bund klirrender Schlüssel an ihrer Hüfte gewährte ihr Zugang zu jeder Tür Camelots und zu jedem seiner Bewohner. Sie kannte jeden Winkel und jede Ratte. Du hättest ihr verbieten sollen zu gehen, damals, nach jenem unglückseligen Vorfall. Ich gestehe, sie nicht gut genug gekannt zu haben, um zu wissen, ob sie Camelot aus jener schon besagten vornehmen Scham verließ oder aus ehrlicher Erschütterung. Was denkst du, mein Freund, hat unsere Königin uns verlassen, um den Makel von uns zu nehmen, das Unheil von uns abzuwenden? Oder verließ sie uns, um sich selbst rein zu waschen, oder gar, um sich selbst zu strafen? Wie ich hörte, soll sie nicht bei guter Gesundheit sein, dort hinter jenen dicken Mauern, in denen so viele Gebete, wie es Sterne gibt, gefangen gehalten werden.

Hast du sie so sehr geliebt, dass dich aller Mut verlassen hat, als sie dich verließ? Bisweilen geht es Männern so. Ihr Schein und Sein erlischt wie das Leuchten des Mondes, wenn die Sonne sich abgewendet hat. Für einen König aber ist dieser erstickte Glanz der Untergang.

Der Tag kam, an dem du bemerktest, dass dein dunkler Sohn nicht mehr an deinem Hof weilte. Seit wann schon? Wie viele Tage, Wochen, Monate war er nicht mehr anwesend, ohne dass du ihn nennenswert vermisst hattest?

Das Sommerland hatte dir Maelgwyn von Beginn deiner Herrschaft streitig gemacht. Er verwaltete es für dich mehr schlecht als recht, und auch ihn ließest du gewähren, um das dünne Eis eines Friedens zu erhalten, unter dem heiße Quellen brodelten.

Maelgwyn mochte gerne glauben, dass in Mordred der zukünftige König zu sehen wäre, dessen Herrschaft nicht mehr allzu weit in der Zukunft läge. Der Riss in der Tafelrunde klaffte durch das ganze Land; das blieb dem einfachsten Bauern nicht verborgen. Und jener, der dies verursacht hatte, musste für Maelgwyn der richtige Mann sein, mit dem er die Macht hätte erlangen können. Sie hatten nur gemeinsam Aussicht darauf, dich zu Fall zu bringen, und lauerten dennoch aufeinander. Im Falle eines Sieges hätte einer von beiden nicht lange überlebt.

Sie getrost, mein König, auch Maelgwyn liegt nicht weit von dir. Ich selbst habe ihm den Schädel gespalten. Er wird so wenig wie dein dunkler Sohn deine Nachfolge antreten.

Als du endlich nach mir schicktest, hatten Mordred und Maelgwyn ihre Heere schon versammelt. Es war spät, mein König. Zu spät.

Ich war erleichtert, die dir verbliebenen Freunde an deiner Seite zu sehen. Wie selbstverständlich gliederte ich mich in ihre Reihen. Ein langer Blick von Gawain ließ mich zögern, schaudern. So lange hatte ich mich gefürchtet vor diesem Blick. So viele Jahre. Und es war Gawain, der stumm meinen Arm drückte und mich willkommen hieß.

So standen wir und waren gewiss in unserem Innersten: Nach dieser Schlacht würde die Welt eine andere sein. Es ist eine seltsame Natur, die Veränderung, ja Fortschritt, durch Neid, Hass und Krieg hervorbringt. Was brächte uns wohl der nächste Tag, würden wir friedlich wie das Vieh auf der Weide beieinander stehen und mit dem vorliebnehmen, was wir vor unseren Füßen fänden? Ich weiß es nicht, mein König. Ich weiß es wirklich nicht. So sehr wünsche ich mir einen ruhigen Geist, einen schmerzfreien Leib, ein friedvolles

Haus und einen fruchtbaren Garten, den keine Um-
friedung von einer feindseligen Welt trennen müsste.
Und so sehr bin ich doch im Innersten Krieger.

So fluteten die beiden Heere ineinander und ich
staunte über den aufschäumenden Hass. Ein Staunen,
mehr nicht. Ich nahm nicht Teil an Gawains Wut und
ich empfand nicht deine Verzweiflung. Ich tötete aus
Notwendigkeit – jedenfalls glaubte ich das. Jetzt weiß
ich es besser: Deine Herrschaft war zu Ende, weil es so
sein sollte. Du musstest gehen um der Veränderung
willen, die das Zeitenrad vorschrieb. Es ist der Lauf
der Dinge, und sie geschehen, ob wir uns dagegen
auflehnen oder nicht. Wir haben vergeblich gekämpft,
umsonst geblutet.

Und inmitten dieses Sturms sah ich ihn auf dich zu-
streben. Mordred, der Verschmähte und Umschmei-
chelte – was mag seinen Hass wohl am meisten ge-
nährt haben? Ist das Herz vergiftet, bringen Salben
keine Heilung. So sehr hast du gewünscht, dass dein
Umsorgen sein Herz erreichen möge. So sehr, dass du
blind dafür warst, wie du das Gift zum Schäumen
brachtest. Alles, was ein jeder von uns ihm entgegen-
brachte, war in ihm vereint: die Enttäuschung, die
Trauer, der Zorn, die Verzweiflung. Ja, es war vor

allem die Verzweiflung, die er mit dir, seinem Vater, teilte. So erreichte er dich, noch bevor – wie in so mancher vergangenen Schlacht – mein Schwert dich schützen konnte. Ich sah die Klingen Funken schlagen und war überzeugt, dass jene, die sich hier begegneten, nicht menschlich waren. Hier begegnete sich Allmächtiges, schlug sich Gleiches mit Gleichem, vereinten sich Wesen, Welten.

Es war Mordred, der als Erster zusammenbrach, deinen Dolch umfassend, der das vergiftete Herz erlöste. Staunend erst, dann selig lächelnd. Doch mit seinem letzten Atemzug sollte sich sein Lächeln zu jener bösen Fratze verzerren, die er uns niemals gezeigt hatte. Sein Herz stand schon still, sein Blick war schon starr, als der böse, herzlose Wille sich ein letztes Mal seiner bemächtigte, seinen Arm hob und sein Schwert auf deinen Schädel krachen ließ, dass es dir den Helm durchschlug.

Sah ich dich zögern? Hättest du dem todbringenden Hieb ausweichen können?

Wieder und zum letzten Mal sah ich den Himmel sich verdüstern, sah die Flamme erlöschen.

Wie lange noch, mein König? Der Kreis der Fackeln wird enger. Dein Blick noch immer so klar. Was siehst du?

Sie kommen. Wer, mein König? Wer kommt?

Und dann geschieht das, was deiner Legende Ewigkeit, der Hoffnung auf Frieden Unendlichkeit verleihen soll. Sie kommt dich holen, Nymue, die Herrin vom See. Alt bist du geworden, Mutter. Nur ein kurzer Blick auf deinen Sohn, er ist jetzt nicht von Bedeutung. Ist er das je gewesen?

Lautlos nähern sie sich, sie und ihre Gefährtinnen, verbinden deine Wunden, waschen dir das Blut von den Lippen.

Ich mochte wohl glauben, dass du dich am Leben hieltest, um meine Geschichte anzuhören. Bis zu diesem Augenblick, da ein seliger Glanz die Schatten des Todes auf deinem Gesicht vertreibt. Nun weiß ich, was dich am Leben hielt in diesen letzten Stunden vor Einbruch der Nacht.

Leb wohl, Lancelot. Lebe wohl.

Dies also soll nun unser Abschied sein. Finde Frieden, mein Freund. Sie legen dich auf eine Bahre, tragen dich zum Ufer des Sees, wo die Barke auf dich wartet. Stumm folgen deine letzten Ritter dir auf diesem letzten Weg. Es sind Gawain und ich, die dich in das Boot betten, das gleich darauf lautlos auf den dunklen See hinaus gleitet und in heraufsteigenden Nebelschwaden unseren Blicken entschwindet. Zuvor erhellte eine Fackel noch einmal dein Gesicht. Der selige Ausdruck in deinen Zügen wirkte erstarrt, der Glanz deiner weit geöffneten Augen hart. Du sagtest nichts mehr, und ich werde niemals herausfinden, ob du in diesem Augenblick noch lebtest. So nahmen sie dich mit sich und ließen die Söhne zurück. Die Toten und die Lebenden.

Dein Geist, mein König, leuchtete wie eine Flamme. Wo eine Flamme entsteht, ist die Luft umher in Bewegung. Deine Ritter waren die Luft, welche die Flamme erhielt. Aber das Feuer zerstört ohne Unterlass die Luft, die sie nährt. Was bleibt, ist ein leerer Raum, der die Flamme selbst zerstört.

Und weder Mensch noch Tier kann leben an einem Orte, wo die Flamme nicht lebt. Und während ein mäßiger Wind die Flamme ernährt, wird ein heftiger Wind sie töten.

Die prächtigsten Reiche und stolzesten Herrscher sind immer eines Tages Vergangenheit. Sie alle lassen einen Stern zurück. Heute Nacht, mein König, werde ich

den Himmel betrachten und sehen, was von dir bleibt.
Von meinem König. Meinem Freund.